마치
잔칫날처럼

창비

마치
잔칫날처럼

고은 시선집

백낙청 외 엮음

창비

가야산에서의 첫 시집—앞서서 인쇄 도중 화재로 타버린 첫 시집의 소멸을 이어준 시집—이래 제주도와 제주도 직후의 두 시집, 서울에서의 서너 시집을 지나면 그뒤 안성 30년의 시집들로 내 시의 합산이 된다.
그뒤가 다른 시작이다.

이것의 표제 '마치 잔칫날처럼'은 어느 책갈피 속에 박혀 있는 것을 떼어왔다.

이 선집은 누차 오랜 벗과 후배 들의 과분한 은덕으로 가다듬어진 것이다. 허수아비에 비단이겠다.
10년 전 '어느 바람'이라는 섣부른 이름이다가 이제 10년간의 무당 푸념들이 무작위 삼아 더해졌다. 창비의 사랑이 또 이것이다.

갇히지 않으려고 버둥치지 않아도 가둔 힘이 운명 안에 고여 있는 자유에 의해 스스로 풀어지면서 시가 기율을 버리거나 기율이 시를 흘끔흘끔 뒤따르거나 하는 해방의 풍모를 그동안 지녀주었다.

시는 밤바다와 달 사이의 요염한 우주 인연을 지우기도 하고 되받아오기도 했다. 나의 시 말이다.

앞으로 어이될지 모르겠는데 이 미혹은 어떤 깨달음도 사절하며 남아 있는 풀더미 속을 들어선다. 안성 시절 다음 수원의 삶이 그것이련다.

언제까지나 귀향의 답은 없다. 도상(途上)일 것이다.

시의 55년을 앞두고 있다. 얼마 전 노르웨이에서 만난 아도니스가 그의 모국어 아랍어로 'Ko Un'의 발음은 '존재하다'라는 뜻이라 했다. 장차 내 부재의 어느 날도 존재이기를 누추히게 꿈꾸시 않는다. 나에게는 오로지 현재가 내 꿈의 장소이다.

허나 현재란, 꿈이란 얼마나 천년의 가설인가.

2012년 가을

고은

왜 시를 쓰느냐고 묻는다면 아직도 그 대답을 마련하지
못하였다.

여기까지 오는 길 44년을 나는 어설픈 농부였고 새였고
울음의 무당인가 하였다. 그러는 동안 말이 종교였다.

시가 오지 않으면 흙을 팠다. 흙 속에 시의 넋이 더러 묻
혀 있다가 내 몸에 떨며 들어왔다.

바람 부는 날 잔 터럭이 일어나며 나는 이내 가지 끝을
차고 날아올랐다. 공중에 시가 여럿이 떠 있었다. 스치다가
한둘은 우연히 쪼아 먹었다.

자주 미쳤다.

운다. 울음이나 졸졸 가는 도랑물이나 강물 그리고 천년 절벽 때리는 파도기둥이나 나 한집안이다. 흰 포말의 춤, 시 가 거기에 함께 있더라.

세상을 좀 넓히련다. 훨훨! 이승에만 갇혀 있지 않으련다.

2002년 8월

고은

일러두기

1. 이 책은 시선집 『어느 바람』(2002)의 개정증보판이다. 『피안감성』
   (1960)부터 『두고 온 시』(2002)까지의 단행본 시집에서 150편을 가려
   뽑아 수록한 『어느 바람』에서 1편을 빼고 37편을 추가했으며, 『늦은 노
   래』(2002)부터 이후 시집들에서 54편을 새로 정선했다.
2. 『고은시전집』 1·2 (민음사 1983)와 이후 단행본 시집을 대본으로 삼
   았다.
3. 『니르바나』『사형』『대륙』『백두산』『만인보』 등 장시와 서사시는 대상
   에서 제외하였다.
4. 배열은 시집 간행순으로 하고, 제목과 본문의 한자는 괄호 안에 병기했다.
5. 명백한 오자를 바로잡았고 띄어쓰기는 현행 표기원칙에 따랐다.

차 례

폐결핵(肺結核)

1

누님이 와서 이마 맡에 앉고
외로운 파스·하이드라지드 병(甁) 속에
들어 있는 정서(情緖)를 보고 있다.
뜨락의 목련(木蓮)이 쪼개어지고 있다.
한번의 긴 숨이 창 너머 하늘로 삭아가버린다.
오늘, 슬픈 하루의 오후에도
늑골에서 두근거리는 신(神)이
어딘가의 머나먼 곳으로 간다.
지금은 거울에 담겨진 기도(祈禱)와
소름조차 말라버린 얼굴
모든 것은 이렇게 두려웁고나
기침은 누님의 간음(姦淫),
한 겨를의 실크빛 연애(戀愛)에도
나의 시달리는 홑이불의 일요일을
누님이 그렇게 보고 있다.
언제나 오는 것은 없고 떠나는 것뿐

누님이 치마 끝을 매만지며
화장(化粧) 얼굴의 땀을 닦아내린다.

　2

형수는 형의 이야기를 해준다.
형수의 묵은 젖을 빨으며
고향의 병풍(屛風) 아래로 유혹된다.
그분보다도 이미 아는 형의 반생애(半生涯),
나는 차라리 모르는 척하고 눈을 감는다.
항상 기(旗) 아래 있는 영웅(英雄)이 떠오르며
그 영웅을 잠재우는 미인(美人)이 떠오르며
형수에게 넓은 농지(農地)에 대하여 물어보려 한다.
내가 창조한 것은 누가 이을까.
쓸쓸하게 고개에 녹아가는
눈허리의 명암(明暗)을 씻고 그분은 나를 본다.
작은 카나리아 핏방울을 혀에 구을리며
자고 싶도록 밤이 간다.

내가 자는 것만이 사는 것이다.
그리고 형의 사후(死後)를 잊어야 한다.
얼마나 많은 끝이 또 하나 지나는가.
형수는 밤의 부엌 램프를
내 기침 소리에 맡기고 간다.

천은사운(泉隱寺韻)

그이들끼리
살데.

골짜구니 아래도 그 우에도
그이들의 얼얼이 떠서
바람으로 들리데.

그이들은
밤 솔바람 소리.

바위 부아
비인 산허리.

가을이 오데.

바위를 골라
나앉아 우는 추녀 끝
뜰에 떨어지는 풍경 소리에

그이들끼리
살데.

돌아가 한번 잊은 제
도로 가고 싶은
그이들의 얼바람 진 산허리

그이들은
살데.

그이들은
살데.

심청부(沈淸賦)

구름 같은 북소리로 떠오르도록

인당수(印塘水)는 짙푸르거라

물과 물 아는 뱃사람은 알리라

더러는 내다보이는 저승길 너머

저 캄캄한 저승 인연도

이 세상의 태어난 아이 우는 일도

뱃사람은 알리라 내 딸의 길 알리라

저승이 없이 어이 물이 있으랴

이 세상에는 가장 그리운 것이 된

온 몸뚱이 두려움이여

내 딸 언꽃 봉오리 속이 잉잉 고요가 그러하리

눈은 은산철벽 어두움이고 사랑은 환한 세상인가

이미 물의 지어미인 딸아

물 우에 내려오는 물안개같이도

물 우에 나아가거라

물 우에 나아가거라

내 딸이여 나아가서 세상마다 떠다니거라

인당수는 짙푸르거라 짙푸르게 울어라

다어(茶語)

거룩한 것의 외로움 맞아
이 고요
우리 마음 사이에 걸려
서로 건너오는 다리 노릇.
하늘 한 덩어리 잠든 마음
얼마나 숙연한 우주 기슭인지
황홀함이여
식은 차 한 잔으로
고요는 수없는 고요 새끼의 고요.

시인(詩人)의 마음

시인은 절도 살인 사기 폭력
그런 것들의 범죄 틈에 끼여서
이 세계의 한 모퉁이에서 태어났다

시인의 말은 청계천 창신동 종삼 산동네
그런 곳의 욕지거리 쌍말의 틈에 끼여서
이 사회의 한 동안을 맡는다

시인의 마음은 모든 악과 허위의 틈으로 스며나온
이 시대의 진실 외마디를 만든다
그리고 그 마음은
다른 마음에 맞아 죽는다

시인의 마음은 이윽고 불운이다

초파일날

여울에 빠져 죽지도 않고
그냥 이런대로
밋밋한 물에 떠내려가는 삶으로
살아온 바를
연보라 등꽃 드리워진 꽃그늘에서 살펴보시나요
아니시면, 초파일날 낮달 자국 심심한
해설피 석양머리로 굽어보시나요
부처님
초파일 밤 요내 가삼 잉잉거리는 수박등 한 덩어리로
세세상상 중생살이 역사의 어느 길목
어둠을 밝혀
겨우겨우 제 걸음 발등이나마 잘못 디디지 않도록
아흐 등불 하나도 대자대비 아니시나요

제주만조(濟州滿潮)

제주만조여 그대는 떠나는 배를
때로는 조금 늦게 떠나게도 하고
이제 밤배들을 그윽그윽 돌아오게 한다.
어떻게 지킬 약속과 고기를 실어오는지
한척의 거룻배도 삐걱대며 새끼로 돌아오게 한다.

그러나 만조여 그대는 한 물새가 조상(弔喪)할 것을 조
상하게 한다.
돛받이에 다친 어부는 키 잡은 손을 풀고
온갖 저인망 그물코에 별들을 걸어야 한다.
잠깐이다. 다른 세상에서 다른 여인이 낳으리라.
오늘까지 살아온 자는 그대 앞에 있고
언젠가 오랜 땅보다도 오랜 사람을 낳으리라.

만조여 누군들 그대 앞에 한낱 어린 길손이리라
그러나 만조여
그대가 이 바다 끝 마을을 가득하게 할 때
산지포(山地浦) 노인의 지는 숨 더디게 하고

새 갓난애의 별과 하늘의 별똥이 태어난다.
이 세상을 떠나는 자도 오는 자도
그대가 이 마을을 가득하게 할 때인지라
먼 곳으로부터 썰물 때는 서두를 수 없으리라.

저 북쪽 바다에는 동정(童貞)의 어화(漁火)를 수놓게 하고
한 물결만큼 바람을 쉬게 해도 물결은 찬란한 살로 일렁
인다.
만조여 고기떼는 좀 남아돌아 자지 않을 것이고
여러 물새들의 잠은 제 힘찬 날개도 다 재워야 한다.

제주만조여 이제 그대가 이 마을을 떠나려 할 때
저 어두운 바다는 새끼 아지와 소라들을 키우지 않고
잠시 바다마을 아이들도 키우기를 쉬리라.
이미 돌아온 배들은 어느덧 비어 있으나
어느 작은 갑판 위에 걸걸히 인기척이 남고
마지막 배가 외따로 죄 없이 돌아온다.
만조여 저들 어부에게 목 축일 술을 허락하라.

그리하여 이 마을은 조심스러이 썰물을 기다리게 하라.
모든 일은 가득하고 그리고 마지막에 떠오른다.
밤은 깊다. 내일의 서광(曙光)을 꿈꾸며
오늘의 일, 참된 일은 다 끝났다.
저 북쪽 바다는 더 드넓어질 것인바
그러나 제주만조여 오늘 밤 꼭 떠날 배 있거든
내일의 사랑, 우리 사랑 가득 싣고 떠나게 하라.

묘지송(墓地頌)

비록 아무도 찾아오지 않으나 그대 자손은 차례차례로 오리라.

지난밤 모든 벌레 울음 뒤에 하나만 남고 얼마나 밤을 어둡게 하였던가.

가을 아침, 재보(財寶)인 이슬을 말리며 그대들은 잔다.

햇빛이 더 멀리서 내려와 잔디 끝은 희게 바래고

올 이른 봄의 할미꽃 자리 가까이 며칠 만의 산국화가 모여 피어 있구나.

그대들이 지켰던 것은 비슷비슷하게 사라지고 몇군데의 묘비(墓碑)는 놀라면서 산다.

그대들이 살았던 이 세상에는 그대들의 뼈가 까마귀 깃처럼 운다 하더라도

이 가을 진정한 슬픈 일은 아니리라.

오직 살아 있는 남자에게만, 아니 참다운 남자에게만

가을은 집 없는 산길을 헤매게 한다. 절도 없어야 한다.

그대들은 이 세상을 마치고 작은 제일(祭日) 하나를 남겼

을 뿐

옛날은 이 세상에 없고 그대들이 다만 옛날을 이루고 있다.

어쩌다, 잘못인지 노랑나비가 낮게 날아가며

이 가을 한 무덤 위에서 자꾸 저 하늘에도 무덤이 있다고 일러준다.

아무도 찾아오지 않는데 그대들은 이 무덤에 있을 뿐 그대 자손들은 곧 오리라.

사치(奢侈)

어린 시절 고향 바닷가에서 자주 초록빛 바다를 바라보
았습니다
그 바다가 저에게 자꾸 달려오려고 애를 썼으나
저는 조금씩 물러날 뿐 마중 나가지도 못하고 바다는 바
다일 뿐이었습니다
빨랫줄은 너무 무겁게 팽팽해지고 마른 빨래는 날아가기
도 했습니다
저세상의 깃발인 빨래와 이 세상의 몸인 바다로
제가 가지고 있던 오랜 병(病)은
착한 우단 저고리의 누님께 옮겨갔습니다
아주 그 오동(梧桐)꽃의 폐장(肺臟)에 묻혀버리게 되었습
니다
누님은 이름 부를 남자 하나가 없고
오직 '하느님!' '하느님!'만을 부르고 때로는 아버지도
불렀습니다
저는 파리한 몸으로 누님의 혈맥(血脈)에 흐르는 갈대밭
의 애내(欸乃)를 들었습니다.
이듬해 봄이 뒤뜰에서 머물다 떠나면

어쩌다 늦게 피는 꽃에 봄이 남아 있었습니다
백철쭉꽃이야말로 여름까지도 이어졌습니다
이윽고 여름 한동안 저는 흙을 파먹기도 하며 울기도 했
습니다
비가 몹시 내리고 마을 뒤 넓은 간사농지(干瀉農地)는 홍
수에 잠겼습니다
집이 둥둥 떠내려가는 온종일의 물 세상
누님께서 더욱 아름다웠기 때문에 가을이 왔습니다
그렇습니다 진정코 누님이야말로 가을이었습니다
찬 세면(洗面)물에 제 푸른 이마 잔주름이 떠오르고
세수를 하고 나면 가을은 마치 하늘이 서서 우는 듯했습
니다
멀리 기적(汽笛) 소리는 확실하고 그 위에 가을은 한번
더 깊었습니다
잎 진 나무에 겨우 몇 잎새만 붙어 있을 때도
그것은 사람에게 빈 나무이게 하고
누님은 그 잎새들과 더불어 이야기했습니다
기역 자나 니은 자 없이도 새소리 없이도 곧잘 말했습니다

그리고 맑은 뜰 그 땅밑에서 뿌리들도 제대로 놀고 있었
습니다

하늘 역시 이 세상인 듯 하늘나라임에 틀림없고

그 하늘이 소리치며 더 푸르기 때문에 제가 눈 빠는 버릇
이 자고

어디서인지 제 행선지(行先地)가 재삼재사(再三再四) 저
를 기다리고 있었습니다

누님께서 기침을 시작한 뒤 저는 급격하게 삭막하였습
니다

차라리 제 턱을 치켜들어 삼라만상을 우러러보아도

다만 제 발등은 움쩍도 않고 노쇠(老衰)로 복수(復讐)받
았습니다

마침내 제가 참을 수 없게, 울 수도 없게 누님은 피를 쏟
았습니다

한아름의 치마폭으로 그 피를 껴안았습니다 쓰러졌습
니다

그때 저는 비로소 보았습니다 누님의 깊은 내부가 외부
임을

그리고 그 동정(童貞) 안에 내재(內在)하는 조석(潮汐)의
고향 바다를
그뒤로 저의 잠은 누님의 시든 잠이었습니다
누님의 방에는 산 자 죽은 자의 고막(鼓膜)으로 가득 찼고
저는 문밖에서 숱한 밤을 한 발자국씩 새웠습니다
누님께서 우단 저고리를 갈아입던 날
저는 누님의 황홀한 시간을 더해서
겨울 간석지 개펄을 헤매다가 돌아왔습니다
이듬해 봄의 음력(陰曆) 안개방울 달린 빈 빨랫줄을 가리
키며
누님의 흰 손은 떨어지고 이 세상을 하직했습니다
저는 울지 않고 그의 흰 도자(陶磁) 베개 가까이 누워
얼마만큼 그의 죽음을 따라가다 돌아왔습니다
관(棺) 속은 누님인지 나인지 또는 어떤 기쁨인지 모르는
어둠이었습니다

신성노동절(神聖勞動節)

1

이다지 땀이 흐르는가
땀의 노동 오 두려워라
비로소 나는 본다
신성한
구름 뒤에
끝없이 일하는 하늘의 고행(苦行)

2

얼마나 가을 내내 그대 기다렸나
하늘을 받아들이는 땅만은 못할지라도
내 허리에는 노동이 그칠 사이 없이
빈 들판의 이삭을 가을 어둠에까지 말리네
누구이랴 모든 것을 거두게 함은
우리 식구 늙은 말은 알지만 말하는 일 없지
내 기쁨은 참으로 일 속에서 잠들고

저물게 돌아오는 길의 말은 말하네
아무래도 제가 내후년쯤 죽으리라고
그대여 얼마나 그대 기다렸나
우리가 사는 마을
저 샛별 하늘에도 있어야 하고
그대여 어서 와야지
오늘 밤 나는 말구유에서 말과 함께 자야겠네

해연풍(海軟風)

　노래는 노래 지은 자를 버린다. 그리고 노래하는 자에게
만 있다.

　화북(禾北)마을 돌담으로 찾아오는 귀양살이 황소바람은
바람이 아니라 노래로

　저녁 풀밭이 말라서 비린 풀냄새가 일어나고

　처음부터 조랑말떼는 조심스럽게 돌아온다.

　아직도 저 건너 쌍무덤밭에서 답전가(踏田歌) 구슬피 들
리고

　여러 오름들은 제가끔 노을을 잘 받아 혹은 가깝고 혹은
멀구나.

　또한 마을 비바리처녀가 밭에서 숨지는 햇살을 가장 넓
은 등에 받고

　이 고장에서 자라 이 고장으로 겨우 이웃으로 시집갈 일
밖에는 생각지 않는다.

　아무리 어제의 성판악(城板岳) 뭉게구름이 그토록 아름
다웠을지라도

　그 구름은 오늘 바라볼 수 없으며 싸리벌은 날아가다 곧
잘 죽는다.

이 고장에 묻힌 밭머리 무덤들도 오히려 죽음보다는 삶
을 가르치며
하루야말로 수많은 복(福)의 하루들보다 거룩하다.
아직 밭 일꾼과 귀 작은 소와 젊은 아낙네 일꾼 들이 돌
아오지 않은 채
화북마을의 갈치배들은 저 바깥바다에서
앞서거니 뒤서거니 희미끄레한 돛을 올려 어른스럽고
제 배마다 제 마음을 이루어 바다조차도 마음 하나로 이
룬다.
노래는 노래하는 자에게만 노래로서 살아 있다.
바다는 좀더 북쪽 북극성 까마득히 나타날 데로 기울었
는지
세상은 한동안 노래이건만 그 노래로 바람이 인다.
성산포(城山浦) 우도(牛島) 배와 마주친 배들은 나비처럼
떠나가며
동지나해(東支那海)의 온갖 흑조(黑潮) 위에 길을 만드는
구나.
그러나 먼 상하이까지는 별빛으로 밝을 것이고 서쪽 수

평선에서는

  가까스로 돌아오는 목숨 건진 애월(涯月) 배들이 솟아
있다.

  지는 해 등지면 때로 바다는 오히려 새벽이 되어

  오늘 하루의 인자한 바닷바람을 엄한 스승으로 펼친다.

  밭에서 돌아오는 일꾼들이여 그대 자신들을 스스로 맞이
하려고

  비로소 해연풍은 노는 아이들과 그대들의 삥 둘러선 가
슴둘레를 씻으며

  이 고장의 질긴 협죽도(夾竹桃) 꽃들을 마지막에 씻으리라.

  어느 돌담 앞에나 옛 노래인 양 감태 잎새 소라껍데기 있
어도

  가장 풍요한 빈손으로 여기를 떠나지 않게 하고

  저 깊은 밤바다 위에서는 이미 곰별이 빛나기 시작하며

  어여쁜 갈치아씨가 잡혀 하느님처럼 실려오리라.

  밤은 안다. 더욱이 바다의 밤은 안다. 알구말구

  어제는 동백나무에서였고 오늘은 메마른 살가죽에서 저
물고

　비로소 북제주(北濟州) 해연풍은 먼 밤배 불빛의 눈동자를 씻어온다.
　노래하거라 노래하거라 바람은 밤새도록 노래이리라.

내 아내의 농업(農業)

이미 날이 저물었다. 시장기 든 해거름의 일꾼들이
돌아온다. 어떤 장님도 눈을 뜬다. 토끼풀밭에서 몰고
온 이웃집 황소는 긴 입안이 가득하게 헛새김질을
한다. 제 주인의 잘못을 오래오래 걱정할 때도 있다.
청과물(靑果物) 장에 짐을 부리고 온 내 만혼(晩婚)의 처
음, 아직 아내는
들에서 오지 않았다. 나는 미농(美濃) 무로 담은 깍두기와
찬밥을 먹을 것이다. 기다렸다가 먹게 되면 더 걱정을
준다.
첫딸의 이름은 아내의 허리에 달아두려 한다
러시아의 부칭(父稱)을 넣지 않겠다. 이제 바다는 만조(滿
潮)일 것이다.

아내의 수건 벗은 새벽머리로부터 이 세계는 어두워
온다. 이윽고 그녀가 먼 들길을 건너올 때, 우리나라의
별똥이 그 위에 흐른다. 나는 아무런 뜻도 없도록 아내 소
망(所望)에
내 소망을 더한다. 아내의 손발이 얼마나 텄을까. 오늘

장에서 신(神) 같은 크림을 사왔다. 이제 내가 찾을

아내의 가슴은 이미 송구한 안방에 있다. 오직 입을 다물고

해산(解産)을 기다릴 뿐 아내의 농업은 어디로 떠날 수 없도록 교목(喬木)을 섬긴다. 미안하다. 저 멀리

미혼(未婚)의 기적(汽笛) 소리가 들린다. 이제 아내는 한 쪽 귀를 떨며

작은 사립문을 연다. 그녀의 보습은 내가 끝없이 반기므로 보이지 않는다. 이제 바다는 만조일 것이다.

애마(愛馬) 한쓰와 함께

오늘 새벽 수수잎새 같은 옷을 서걱서걱 걸치고
나는 4세 마(四歲馬) 한쓰를 타자 마구 달렸다
처음 콩밭 곡식을 거둔 빈 밭에는 채일 것이 없다

내가 달릴 때 말이 먼저 물 건너 종소리를 들었다
그리고 내 귀는 말의 귀에 대어져 어렴풋이 들었다

아직 주홍(朱紅) 꽃신을 제 품에 안고 내 외동딸은 쌕쌕거
리겠지
내가 돌아와서, 네가 처녀가 되어 있으면 첫째 한쓰가 놀
라리라

어느덧 우리는 하얀 띠의 길을 달리는구나
말고삐를 낚아채지 않아도
한쓰는 내 마음을 이미 알고 있다

새벽길은 남은 가을 끝이 여기저기 잠들었고
침착하기 짝이 없는 대기(大氣)뿐, 캐비지밭을 덮고 밤은

지새었구나

　모처럼 외동딸을 두고 어린 시절의 마을 장님 노래와
대만(臺灣)까지는 이틀이면 갈 바다와 박쥐들과……
내 한쓰는 그런 것을 내게 주면서 갈기 세워 달린다

　어디로 가느냐 내 두 다리를 말의 옆구리에 맡길 따름
　그러면 한쓰는 새벽꿈이 주인 때문에 끊겼다고 투덜대다
가 만다

　몇십년(十年) 동안 농부는 밭에 있건만 새벽 밭이라 빈
밭이다
　지난 여름밤, 깊은 밤 곰별자리 밑으로 한쓰는 멈춘다
　내가 앞으로 가슴이 밀리다가 내리고 안장은 따뜻한 채
기다리리라

　그러나 파리가 뜯어먹은 흉터쟁이 한쓰야 우리는 곧 돌
아가자꾸나

이제 신 한 짝이 품에서 내려지고
외동딸이 깨어 절망한 아침이구나
여기서는 잠깐 멈추자
잠깐 멈추는 곳도 중대한 곳이 아니냐

저문 별도원(別刀原)에서

이 유월의 유동나무 잎새로써

그대 금도(襟度)는 넓고 유연하여라

저문 들에는 노을이 단명(短命)하게 떠나가야 한다

산을 바라보면 며칠째 바라본 듯하고

나만 저세상의 일을 알고 있는 양

벌써 조천(朝天)거리 쪽으로 들쥐놈들은 바쁘고

낮은 담 기슭에 상추는 쇠어간다

제 모가지를 달래면서 소와 말들이 돌아가서

차라리 마주수(馬珠樹)꽃을 싫어하며 빈 새김질을 하리라

이제 저문 어린애 제 울음을 그친 쪽으로

나에게는 하나이던 것이

너무나 많은 것이어서

저 조천 세화(細花)께 하현(下弦)달 하나만이라도

밤 이슥하게 떠올라 나를 자주자주 늙게 하거라

저녁 숲길에서

어느날보다도 일찍 미자르별*이 뜨고 나는 겨우 일을 마
쳤다.
우리 말이 방풍지대(防風地帶) 너머로 달려가서
해산(解散)하는 듯한 메밀밭을 버려놓았기 때문에
나는 말을 끌고 밭주인한테 사과하러 가야 한다.
그러나 한두번 잘못하는 일은 아름다움 아니랴
내가 가는 것은 뜻밖의 슬픔이라도 만나러 가는 것이 아
니랴

밭주인네 집은 밤나무숲 저쪽의 오지(奧地)에 있다.
하얀 메밀밭은 저문 뒤에 더욱 역력하구나.
나는 뒤에 끄덕끄덕 따라오는 말더러 핀잔을 주지 않고
오직 숲길로 접어들자 중얼거림으로 말했을 뿐이다.
이제 다 왔다. 네가 좀더 겸손해지면
나도 너와 함께 겸손한 식구로 늙어가겠다라고

우리가 밤나무숲으로 들어가자 누가 뒤에서 일어서는 듯
하다.

자꾸 돌아다보아도 말 꼬리에 채이는 것은 벌써 참된 어
둠이다.
저녁 숲길은 밭주인의 자취로 가득하고
나는 탄주(彈奏)하는 주인에게 할 말을 연거푸 궁량해
본다.
잘못했습니다, 우리 말은 히잉히잉 운 뒤 몹시 후회하였
습니다,라고
그러나 화내지 않을 주인은 아직 돌아오지 않았다.
아니 화낼 주인도 돌아오지 않았다.

다만 밭주인네 막내딸 머리를 쓰다듬어주었다.
이상하구나 내 사과하는 손길이 그 아이 머리에서 굳어
진다.
아무래도 그애의 혀에 이끼가 끼며 곧 죽으리라.
나는 주인을 만나지 못한 채 그 집을 하직(下直)하였다.
그 숲 속의 집에서 너무나 멀리까지 야채(野菜) 썩은 냄
새가 따라온다.
내 걸음은 훨씬 헛디딤이 잦고 말 얼굴도 더 길쭉하게 슬

픔을 뿌리친다.

　죽음이 있다니 그 죽음에게 어찌 작은 사과를 하랴.

　어서 나는 서남방으로 늙은 말과 돌아가야 한다.

　서로 오래 일해온 사이의 정(情)으로 말과 나는 한마음
이다.

　오던 길이 아니었다. 내 눈은 오던 길을 사납게 찾건만

　그러나 낯선 길에서 말과 내 마음은 쭈뼛거리며 모지는
구나

　말도 나와 너나들이 사이 오과부(吳寡婦) 흉내를 내며 따
라온다.

　어디선가 개울물 소리가 혼자 중얼거리는지

　단 한번 죽을 까치의 삶이 별빛처럼 까치 소리를 낸다.

　슬픔일지라도 아픔일지라도 죄일지라도 개울물 소리 가
까이 맡기자

　이제 다 왔다. 네 잘못 빌 처지가 아니라 그애는 죽으리라

　내가 겨우 들리도록 말하자 말은 엉덩이를 낮춘다.

이 세상 일은 다 죽음과 닿아 있고

우리들이 사과하러 갔다 오는 길에도 나무냄새 흙냄새로 닿아 있다.

저녁 숲 속은 어둠이 바다 사리 때로부터 돌아온다.

마지막까지 낙조의 빛을 보내어 정성을 다하여

밭주인네 딸의 죽음이 몇번인가는 숨바꼭질도 되는구나.

어느날보다 일찍 북돋기 일을 마치고 우리는 하루를 아무린다.

우리가 돌아오는 길은 이제 밭주인네 집에서 한참이나 멀어지고

이상하다. 내일 일들은 큰 강의 많은 지류(支流)가 되어 떠오르지 않는다.

내가 갑자기 어느 영전(靈前)에 선 것같이 말이 느끼는지

오늘 밤에는 제 마구간에서 조금이라도 나와 함께 있기를 바란다.

마구간은 참 잘 손질이 되었으니 정결한 말 뱃가죽 냄새뿐이다.

어서 가자. 집에서 누가 몸 씻는 물소리가 난다.

그 위의 하늘 이웃에서는 들 대로 든 정의 미자르별이 떠 기다리리라.

* 북두칠성(北斗七星) 중의 한 별.

슬픈 씨를 뿌리면서

할아버지는 우리나라의 가락을 여기저기 찾아다녔습니다.
살고 있는 오랜 고장 놔두고도 그렇게 홍천 인제까지 다
녔습니다.
몇개의 새벽별이 숨넘어갈 때
술 한모금 없이 할아버지는 남의 땅뙈기에 파묻혔습니다.
이렇다 할 별난 가락 남기지도 않고 앙알앙알 혼자 흥얼
대다가 만 셈이지요.
아버지는 짤랑짤랑 방울 흔들며 소금 사려 외우는 소금
장수였습니다.
하동 광양 땅 백운산이 아득하고
바람이 하염없이 부는 아무 데서나 머물렀습니다.
끝내는 하얼삔에도 갔다가 북해도에도 갔다가
돌아오면 한 줌 소금을 무슨 시늉이라고 뿌렸습니다.
가락은커녕 육자배기 한 자루도 다 못하였습니다.

일제(日帝) 때 내 가오리연은 새처럼 사라졌습니다.
흐린 하늘에 대고 내 작은 주먹은 슬픔을 쥐었습니다.
내가 배운 것은 동경 쪽으로 아침마다 요배(遙拜)하는 것

이었습니다.

　황토마당 국민학교의 시간마다
　나는 배고픈 아이로 카타까나를 쓰고
　겨우 내가 일본 군가라도 1절(一節) 부를 수 있을 때
　8군(八軍)이 왔습니다. 8군이 왔습니다.
　할로 씨비씨비 까뗌 싸나가비치 할로 오케

　그들과 함께 살면서 나는 자라났습니다.
　그러나 8군 마크가 달린 가슴으로 나는 노래 부를 수 없
었습니다.

　할아버지도 찾다 찾다 만 가락, 아버지도 떠돌다 버린
가락
　결코 내 음악이 될 수 없게 깊이깊이 물길 끊긴
　그 가락을 나는 양코쟁이 노래 은덕으로 찾을 수 없었지요.

　지금 노래해야 합니다. 우리나라의 꽃다운 가락을 찾아

야 합니다.

　남은 것은 추운 삼한사온(三寒四溫) 날씨여

　언제나 몽당치마 입고 서 있는 누이여

　휴전선(休戰線) 가까운 수수밭에 슬픈 가락의 씨 뿌리면서

　새로운 가락 우리 오랜 가락 하나로 찾아야 합니다.

　그러나 가락이란 먼저 실컷 울어본 사람에게 샘솟아납니다.

　실컷 아프고 슬픈 사람의 가슴에 그 가락은 들어 있습니다.

　마침내 우리나라의 가락은 우리 자식의 어린 가슴에 들어 있어야 합니다.

과육(果肉)

1

마침내 빈 말수레들이 돌아간다
빈 수레라 해도
거기에는 내가 알 수 없는 것들이 실려 있다

이상한 노릇이다 과일이 벌써 벌써 익었다
그 캄캄한 살이 싱싱하게 아프리라
저 남쪽에서 소묘(素描)한 반원(半圓)이 겹겹이 사라진다
내 둘레에서 방금 사용한 단어(單語)들이 땅에 떨어진다
그리고 일손을 놓은 처녀의 은(銀)방울도 떨어진다
그녀의 입술은 또다시 위아래가 해후(邂逅)처럼 닫히리라

2

벗이 왔다 둘이 올 것을 하나는 죽었기 때문이다
그의 무덤을 여기까지 떠올 까닭은 없다
여기는 벗 하나로도 충분하다

과일이 절로 떨어진다
그것이 감인지 사과인지 모른다
그렇다 마지막에 추상(抽象) 감탄사(感歎詞)로 길이 끝
난다
벗이여 더 고백(告白)하지 말아라
너무 많은 진실은 허황하구나
저녁 햇빛에 고백이 모여 고백을 태운다
이제부터 나는 벗에게 과수원으로 인도한다
가을이 떠나간다
과일로 꽉 찬 과수원은 빈 과수원의 과거이다
과일 속의 살의 무지(無知)에 다다르고 싶다
그 삶의 암흑! 충실! 그리고 그 살 속의 씨앗!

국도(國道)

지나왔다. 아무도 만난 일이 없다.
이따금 형석(螢石)빛 습기(濕氣) 속으로
젖은 개똥벌레를 뜬금뜬금 만나고
먼 바다에서 12음(十二音)의 배들이 죽어서 불빛이 된다.
그러나 그 불빛에 다가간 일이 없다.
차라리 잠든 세상에서 잠들지 않은 절도(竊盜)가 된다.
이 밤 3시와 4시 사이를
마시던 술잔이 그대로 놓여 있는 주택(住宅)을 찾는다.
그리고 임자가 바뀐 개량종자(改良種子)의 밭을 지나서
이제 나는 찾았다. 온갖 절교(絶交)의 정적(靜寂)을

그리고 지나왔다. 아무도 만난 일이 없다.
밤 4시의 국도에는
여름철의 말끝들이 남아 있다.
'까' '요' '다' '요'……
어둠속에서 의문부(疑問符)가 없어지고
전해진 뜻이 없어진 채 남아서 빛나고 있다.
지나왔다. 수레가 지나간 뒤

말오줌 자국이 적셔진 곳을
그리하여 가장 취할 진정제(鎭靜劑)를 발견했다.
나는 그것을 주워서 던졌다.
어떤 뜻밖의 언덕에 가까스로 명중(命中)했느냐
바다가 내 흉터를 모조리 빼앗아갈 때
아직 새벽은 멀고 말끝들이 남아 있다.

이윽고 바다가 죽은 어부(漁夫)늘을 부른다.
새벽이다. '까' '요' '다' '요'……
나는 지친 모자를 벗어 간조(干潮)의 머리카락을 뿌린다.
새벽 배는 비어 있을 뿐
지나왔다. 배들이 죽었다.
나도 '까' '요' '다' '요'와 함께 죽으리라.

예감(豫感)

가을이다. 어느 나라의 인구(人口)가 줄어든다.
긴 편지를 쓰고 끝에는 '끝'이라고 썼다.
어제 슒은 육십(六十) 캐비지 한 접시
남은 경사(傾斜)의 술은 다 마셨다.
들쥐들이 종점(終點)에서 종점으로 몰려다닌다.

오늘 영원한 백(百)원짜리를 벌었다.
너무나 많은 끝이 내 발등에 쌓인다.
감사(感謝)하다. 감사하다.
주황색(朱黃色) 손수건으로
하늘을 보고 자꾸 흔들어야 한다.

가을이다. 저 소학교(小學校) 운동장에서
일생(一生)의 호각 소리가 뚝 그친다.
모든 무덤들은 말한다.
다시 이 세상에 태어날 수 없다고

머무는 친우(親友)여 나는 혼자서 뻗은 길을 걸어가야겠
구나.

도단(道斷)

오늘 아침 소인(小人) 동해(東海) 황해(黃海) 및 동지나해(東支那海)의 해일(海溢)을 불러들였다.
그리하여 이 나라에 뻗은 길이란 길은 다 휩쓸었다.
길 없애라!

청년들아 다시는 길 만들지 마라. 길이야말로 타락이다.

종로(鍾路)

나 여기 한동안 어이할 수 없이 서 있노라

모든 지나가는 것들아

비탄(悲歎) 한 꾸러미씩 매판(買辦) 한 꾸러미씩

사가지고 가는 것들아

현실(現實) 괴멸(壞滅)하라 현실 괴멸하라

나 여기 한동안 서 있노라

모든 딱한 것들아

내 가슴에 한국(韓國) 청산가리(靑酸加里)를 칠하고

펄쩍펄쩍 날뛰는 아픔으로

백년 이래(百年以來)의 온갖 한(恨)을 불태우노라

나 여기 한동안 어이할 수 없이 서 있노라

다 지나가버리고

문짝들이 저마다 사리사욕(私利私慾) 닫혀버리고

마도(魔都)의 향(香)불 네온아 네온아 이윽고 너도 꺼지고

내 대머리로 빈 대머리로 종로 인경을 치노라

밤새도록 잠자는 것들아 무지몽매야
저 납덩어리 서해(西海) 복판 이르기까지
울부짖는 인경 밑에
내 흰 뇌수(腦髓)를 뿌리노라 꽃이노라
현실 괴멸하라 현실 괴멸하라

투망(投網)

최근 나에게는 비극(悲劇)이 없다.

나 이제까지 지탱해준 건 복(福) 따위가 아니라 비극이
었다.

어이할 수 없었다.

동해(東海) 전체(全體)에 그물을 던졌다.

울릉 너머 수수리목 지나서까지

왜지(倭地) 추전현(秋田縣) 바닷가까지……

처음 몇번은 소위(所謂) 보수적(保守的) 허무(虛無)를 낚
아올렸을 뿐

내 그물에서 새벽 물방울들이 발전(發電)했다.

휘잉! 휘잉! 깜깜한 휘파람 소리

내 손이 타고 내 사대색신(四大色身)이 탔다.

그러나 나는 참나무 숯이 된 채

신새벽마다 그물을 던졌다.

비극 한 놈 용(龍)보다도 더 흉흉한 놈이냐!

이윽고 동해 전체를 낚아올려서

동해안(東海岸)의 긴 바닷가 모래밭에 오징어로 널어뒀다.

　한반도(韓半島) 권세(權勢)여 아무리 다급할지라도 바로
이 비극만은 팔지 말아라
　내 오징어로 눈부시게 마르는 비극만은 안돼! 안돼!

문의(文義)마을*에 가서

겨울 문의에 가서 보았다.
거기까지 다다른 길이
몇 갈래의 길과 가까스로 만나는 것을
죽음은 죽음만큼
이 세상의 길이 신성하기를 바란다.
마른 소리로 한번씩 귀를 달고
길들은 저마다 추운 소백산맥(小白山脈) 쪽으로 뻗는구나.
그러나 빈부에 젖은 삶은 길에서 돌아가
잠든 마을에 재를 날리고
문득 팔짱 끼고 서서 참으면
먼 산이 너무 가깝구나.
눈이여 죽음을 덮고 또 무엇을 덮겠느냐.

겨울 문의에 가서 보았다.
죽음이 삶을 꽉 껴안은 채
한 죽음을 무덤으로 받는 것을.
끝까지 참다 참다
죽음은 이 세상의 인기척을 듣고

저만큼 가서 뒤를 돌아다본다.
지난여름의 부용꽃인 듯
준엄한 정의(正義)인 듯
모든 것은 낮아서
이 세상에 눈이 내리고
아무리 돌을 던져도 죽음에 맞지 않는다.
겨울 문의여 눈이 죽음을 덮고 나면 우리 모두 다 덮이겠
느냐.

*충북(忠北) 청원군(淸原郡)의 한 마을. 지금은 대청(大淸)댐에 가
　라앉았다.

청진동(淸進洞)에서

우리가 범죄 구더기 득실거리는 역사 증오하며 떠도는 것은

떠도는 곳에서 우리가 쓰레그물에 갇힐지라도

금(金)빛 저녁 바다 물결 위에도 솟아오르며 날으는 날치 떼 아니냐

그렇다. 우연은 어느 날보다 잉잉거린다. 끝내 필연이 된다.

우리가 우연으로 모여서 이리저리 떠도는 동안

가장 눈부신 역사의 필연으로 복되어라 고난이어라

그리운 벗아, 금빛으로 모여 저녁은 영원하다.

아무리 우렛소리 1호 4호 그리고 9호를 먹어도 쓰러지지 않고

더 필요한 만조(滿潮) 수평선(水平線)의 번개칼을 외쳐 부른다. 오라! 오라! 오라!

우리가 여기서 떠돌지 않을 때

누가 9층(九層) 10층(十層) 밑에서 우리 진실로 하여금 떠돌겠느냐.

휴전선(休戰線) 언저리에서

75

북한 여인(北韓女人)아 내가 콜레라로
그대의 살 속에 들어가
그대와 함께 죽어서
무덤 하나로 우리나라의 흙을 이루리라.

휴전선(休戰線) 언저리에서

북한 여인(北韓女人)아 내가 콜레라로

두만강(豆滿江)으로 부치는 편지

누이여 회령(會寧) 남양(南陽)의 강기슭에
회령 남양의 버들 같은 누이여 누이여
두만강 얼음덩어리 둥둥 떠가며 풀렸는가.
땅이여 무엇 한가지 따로 갖지 않고 봄 오니
이 세상에 봄처럼 공평한 것 어디 있으랴.
누이여 자네 아이들 잘 있는지, 강도 더러 깊어졌는지
또 누이여 그대 얼마나 늙은 표라도 나는가.
말과 뜻이 한 다발로 잡아매어져도
여기서는 천하(天下) 군사분계선(軍事分界線) 아득한지라
그대 얼마나 옛 모습의 뿐 남았겠는가.
이 땅에서 태어난 사람으로서는
이런 인사도 입에 발려서 헛되거니와
회령 남양의 해 저문 추운 강가에
차라리 인사불성의 버드나무들 잘 있는가.
누이여 자네도 오라비인 나도
우리 겨레에게는 웃음 하나도 적(癪)으로 바치는 아픔 아
닌가.
백번도 한번도 내 누이인 누이여

자네 거기서 살다 죽고 나 여기서 죽어도
그런 무명 인민(無名人民)의 죽음이 우리 겨레의 역대(歷
代) 삶이 아닌가. 누이여.

우리나라의 들국화

우리나라의 들국화야
장화 홍련 언니 아니어도
무슨 수로 나 너희들을 노래하겠느냐
너희들은 왜 이렇게 피어나서
이 땅의 끝 같은 하루 억울하게 저물게 하느냐
가을에도 가을인 줄 모르고
우리나라 착한 여자들의 일 하나하나가
재넘이 찬 바람에 슬픔이므로
이제 저녁 어스름도 남의 일이다.
가는 곳마다 더미더미 일일지라도
돌아오는 어두운 들녘
희끗거리며 우는 들국화야
나 너희를 데리고 슬픔으로 무덤으로 쉬러 간다.

삶

비록 우리가 몇가지 가진 것 없어도
바람 한점 없이
지는 나무 잎새의 모습 바라볼 일이다.
또한 바람 일어나서
흐득흐득 지는 잎새의 소리 들을 일이다.
우리가 기역 니은 아는 것 없어도
물이 왔다가 가는
저 오랜 고군산(古群山) 썰물 때에 남아 있을 일이다.
젊은 아내여
여기서 사는 동안
우리가 무엇을 다 가지겠는가
또 무엇을 생이지지(生而知之)로 안다 하겠는가.
잎새 나서 지고 물도 차면 기우므로
우리도 그것들이 우리 따르듯 따라서
무정(無情)한 것 아닌 몸으로 살다 갈 일이다.

임종(臨終)

임이여 나는 십만억토 지나는 서방정토에 가지 않으렵
니다.
죽어도 이 나라 한 점으로 있으렵니다.
죽어서 몸뚱이야 흙이 되건만
물과 바람 하나 되건만
그것으로 이 나라의 산들바람도 되건만
내 뜻이야 중음신 신세 박차고 그대로 남으렵니다.
남아서 이 나라 강산 전내기로 취하렵니다.
몇천년을 떠돈 조상의 자손으로
죽어서 이 나라가 온통 살구꽃 피는 삶이렵니다.
영산강 가뭄 언저리도 놀메갱갱이에도 떠돌고
갈 수 없는 대동강 부벽루 위에도 떠돌면서
흔들비쭉이 흑싸리 따위 혼쭐내주고
새가 울면 나도 울어서
이 나라의 노래 되고 깊은 밤 어둠이 되어
모든 한숨도 웃음도 별도 취하게 하렵니다.
이 나라에 태어날 때는
이 나라를 깊이 떠돌이 하려고 태어났으며

다른 데 가서 극락놀이 하려고 태어나지 않았습니다.
하나의 괴로움도 천으로 만으로 쪼개어서 여러 슬픔이니
천개의 달빛으로 천개 강물 비춥니다.
나는 서방정토에 가지 않으렵니다.
죽어도 이 나라의 그믐밤 어둠이 되렵니다.
물 얼고 모진 바람 불어도
함께 얼음 밑의 물이 되고
함께 태백산맥 바람의 아픔으로 바람 소리가 되렵니다.
임이여 어찌타 이 나라를 그냥 떠나겠습니까.
이 나라의 흙과 풀
황토 말랭이 잔 소나무들도
몇천년 역대로 죽어서 이룬 할아버지들입니다.
이 나라에서는 궂은비 한 방울로
이 나라 날궂이 술 취한 풀포기 키우렵니다.
임이여 나는 가지 않으렵니다. 거기에 가다니 거기 가다니
왜 그런 천하 건달 서방정토에 가겠습니까.
죽어도 나에게는 죽음이 없습니다. 이 나라가 죽음입니다.
임이여 나는 서방정토에 가지 않으렵니다.

무등(無等)의 노래

한밤중 고개 숙인 물의 머리를 들어서
들거라. 무등이 무등만한 소리로
쾅, 쾅, 쾅, 부르짖는도다.
한밤중 곯아떨어진 흙들아
그 소리에 깨어나
거기 묻힌 주야장천(晝夜長川)의 백골(白骨)도 들거라.

어느 것 하나인들 우리 포한(抱恨)
우리 억수(億水) 비바람이 아니던가.
너도 나도 비바람으로 몰려가
밤새도록 우리 동편제(東便制) 무등 함성(喊聲)이 되는
도다.

낮의 사람아 나주(羅州) 다시(多侍) 처녀야 보아라.
한여름 초록 귀 막고 광산(光山) 들판 어디에
애비 에미도 없는 자식들 떠돌아다니던가.
구름 조각 하나도 서릿발 같은 기쁨으로 삼키고
극락강(極樂江) 영산강(榮山江)이 눈을 부비며

애비 에미의 평생으로 우러러보는도다.

무등이여 날이 날마다 거기 있어
아침 햇살 삼천장(三千丈) 쓰라린 가슴으로
우리 함성 차오를 때마다
무등이여 무등이여 전신(全身) 영겁(永劫)의 무등이여

천년(千年)을 흙으로 짓밟혀노
우리 자식들 우리 풀잎사귀들 자라나서
무등 아래 대지(大地)의 만세(萬歲) 소리 몰려가는도다.
무등이여 그대가 우리 덕(德)이거든
우리 다리 머리 가슴 토막으로 싸우는 삼라만상(森羅萬
象)이여 무등이여

대장경(大藏經)

한반도야 한 이삼백년만 푸욱 가라앉아라
그냥 바다밖에는 아무것도 없도록
아무리 찾아보아도
창천하(蒼天下) 바다밖에는 아무것도 없도록
그리하여 이 강토 삼천리를
대장경 원목으로 바닷물에 푸욱 절였다가
한 이삼백년 뒤에 떠오르게 하라
눈보라 일월성신이야
그대로 지긋지긋하게 두고
한반도의 온갖 싸구려 권세 죽여서
빈 땅으로 두둥실 떠오르게 하라
거기 새 꽃 새 열매 나라 세우고
잃어버렸던 말을 찾아 말하게 하라
뭇사람의 진리 말하게 하라
그리하여 삭지 않는 대장경으로도 남아서
이제부터 거룩한 이는 뭇사람임을 말하라
한반도야 한반도야 이대로는 안되겠구나
매스게임 가라 매스게임 가라

사람을 사람답게 하고 뭇사람을 거룩하게 하라

한반도야 한 이삼백년 아니거든

눈 딱 감고 막무가내(莫無可奈)로 천년만 가라앉아라

황사(黃砂) 며칠

겨우 우리 봄으로 개나리꽃 진달래꽃
슬픈 진달래꽃을 피우려 하는데
무엇하러 청도(靑島) 장산(長山) 사이 부황(浮黃) 난 바다 건너
우리에게까지 무더기무더기 몰려오는가
우리 봄이 어떤 봄인지 아는가 어떤 봄 어떤 겨레인지 아는가
한되 술 차라리 마시지 않고 가슴팍에 퍼부었느니라
가슴마다 가슴앓이 그믐달 넋을 묻어두고
우리 봄의 애비 에미 바다에 뜬 아지랑이로 울었느니라
무엇하러 우리에게까지 몰려와
하룻밤 만리장성(萬里長城)으로도 모자랄 봄을 덮어버리는가
참담쿠나 너희 경기(京畿) 땅 북경(北京) 천진(天津) 황하(黃河) 벌판이나 덮어서
석양머리 호적(胡笛) 소리 틀어막으면 되었지 무엇하러 몰려오는가
원제(元帝) 쿠빌라이냐 등 뒤로 박문(博文)이란 놈이냐

우리 봄이 어떤 봄인지 아는가 우리 계집들이 몸 팔아서
몇만(萬)의 몸으로 불러온 봄인 것을 아는가
우리 여말(麗末) 한말(韓末) 애비들의 철천(徹天)의 한(恨)
땅에 묻고
우리 아이들이 그 땅에 뭇으로 쓰러져 이룬 봄인 것을
대륙(大陸)아 너희들은 모르리라 우리 개나리꽃 진달래
꽃을 모르리라
아아 머리에 인 것은 황사뿐! 창대비 쏘내기 맞아
이 흉흉한 황사바람 다 씻어버려도
우리 울음 우리 웃음의 가슴팍 씻지 못하는 것을
또 무엇하러 우리에게까지 몰려와서
우리 하늘 하나 남아 있는 것 하나
두 동강 나버린 땅뙈기 이것
우리들이 날마다 돌아오는 어둑어둑한 모퉁이 이것
왜 이것들을 이렇게도 참담하게 덮어버리는가

입산(入山)

아승기겁(阿僧祇劫) 지나고 아승기겁이 오는구나

어찌 오늘이 오늘 하나뿐이냐

내가 쑥대머리로 산에 들어가나니

어느 누구 두고 온 쓸개를 시퍼렇게 달래겠느냐

마음은 인기척도 없이 크다

겨울밤 산에 들어가나니

유라시아 상공(上空)에서

유라시아만한 마음으로

멀리멀리 사람들의 이름처럼 파도 소리도 들리는구나

만상(萬象)을 헛되다 말하지 말라

참답다 참답다

누가 어린아이의 울음을 영롱하게 깔아 달빛을 받느냐

내 몸에서 아승기겁의 잠 깨워

잠든 물 한 굽이도 헛되지 않다

내가 쑥대머리 귀신 형용으로 산에 들어가나니

한 가지 한 가지 나뭇가지에 걸린

이 세상의 빈 것들을 쳐다보며

들어가면 못 나오는 산에 들어가나니

지는 달아
　나를 맞이하는 건 사나운 파르티잔 너뿐이구나 달아
　고개 들어 돌이켜보는 내 진진찰찰(塵塵刹刹)의 어둠과
달아

초대(招待)

추석날 아침 한 끼만이라도 함께 먹자
거지야 간밤 열나흗날 밤
내 열병 다 재우더라
더운 국 있고
묵은 쌀밥 있으니
대구 달성 햇과일도 있으니
이따 이따 오는 거지야 함께 먹자

거지 노릇은 비겁하다 차라리 도둑이 되어라
그러나 우글우글한 도둑 천당에서
거지야말로 거룩하다
거지야말로 문화다
찐 가오리 찢어서
술안주 하고
오랜만에 욕이란 욕은 다 잊어버리고 먹자

대한민국에서는 털털 털고 거지가 될 자유 있다
이 집 저 집 철 대문 두들기고

부자 배꼽을 마구 눌러라

한술 줍쇼

백원 줍쇼

안 주면 없다 없어 으름장 놓기도 하지만

거지여 너는 나에게 이름도 대지 않는구나

추석날 아침 한 끼만이라도

그러다가 새참 때 점심까지만이라도 먹자

함께 먹으면서

이런 얘기 저런 얘기 거짓말도 나누자

거지야

너야말로 참답다

네 앞에서 나야말로 거지다

네가 기우뚱거리며 떠난 뒤

나는 추석 보름달 한 덩어리에 병 하나 도질 뿐이다

보리밭

떠올랐지 떠올랐지
올 맏배 종다리 떠올랐지
아이 송장 집을 나갔지
보리밭 청청십리(靑靑十里)
우리 하늘에 떠올랐지
바람 속엔 젖냄새
종다리 소리 뚝 떨어졌지
열두번이나 떨어졌지
우리 아이 저승길에도
그 소리 떨어졌지
여보 칠성이 자네 보았지
종다리 오는 것 꼭 보았지
우리 아이 종다리라지
떠올랐지 떠올랐지
떠올라서 안 온다네
이 땅에는 지렁이 소리
하늘에는 종다리 소리

추석(秋夕)

숙자는 추석 쇠러 대전 제집에 갔다.
마른 고비나물 따위 마련해두고 간 안주로
모인 친구들과 추석술 거나했다.
장준하 김상진 들을 추넘치 않을 수 없어
친구 하나하나가 스스로 준하 되고 상진이 되었다.
다음날도 또 다음날도
아침 점심 찬밥 말아 먹으며
내 마음 물에 정들어 가득했다.
닭 모이도 푸짐하게 주니 새삼 추석 같다.
제 놈늘 서로 다투면서 바쁘게 쪼아댔다.
예술은 신이고 예술가는 거지인가
그렇다면 정치는 도둑질인가
싸움으로 밥 먹는 닭이나 사람이나 우리나라 사람이여
저녁때는 마냥 선희가 학교 갔다 들러서
밥 지어 함께 먹고 가고
나는 선희가 간 뒤 이것저것 특집프로 돌려보다가 만다.
이렇게 지내다가 잠이나 자고 자다가 전화도 받고
밤이 가서 아침이 되면 그 아침도 오랜 친구인가

바라보면 마당의 후박나무 열매는 꼭 원숭이 똥구멍이
건만
햇빛에 밝아서 히이히이 웃는 것도 같다.
잎새들은 바람맞이 재간도 없이
멋쩍게 헤살 저으며 놀라며 흔들린다.
언제 내가 겨레를 위하여 산 일이 있었는가.
마흔이 넘어 우는 아이 달랜 적 없이
밤하늘 아래 겨레 앞에 빈 것으로 서 있을 따름이다.
책 덮고 우거진 잔디밭 거닐다가
과꽃 분꽃 따위 여름가을 꽃 앞에서
나 보고 꽃이 부끄러워하는 듯 나도 꽃에 부끄럽다.
지난해 추석은 추석 쇠고 잡혀갔으나 이번은 그저 초라
하다.

화신북상(花信北上)

우리나라에서는 누구나 죽어서 노래가 된다

살아서

살아서

꽃이 된다

남단(南端) 아청 바다

마라분교(馬羅分校) 마당에 오른 소식

꽃이 피어

북으로

북으로

오르는 꽃소식이여

추운 고향 두만강(豆滿江) 남양읍(南陽邑)까지

강 건너 북간도(北間島) 용정(龍井)까지

시베리아까지

꽃 피는 날 그날의 총 개화(總開花) 통곡(痛哭)이여

우리나라에서는

죽어서 노래가 된다

서러운 노래가

내 가슴속에 있는 그 사람이 된다

살아서

살아서

조국(祖國) 삼천리(三千里) 하나 가득한 꽃이여

제 2 부

안도현·백낙청 정선

화살

우리 모두 화살이 되어
온몸으로 가자
허공 뚫고
온몸으로 가자
가서는 돌아오지 말자
박혀서
박힌 아픔과 함께 썩어서 돌아오지 말자

우리 모두 숨 끊고 활시위를 떠나자
몇십년 동안 가진 것
몇십년 동안 누린 것
몇십년 동안 쌓은 것
행복이라든가
뭣이라든가
그런 것 다 넝마로 버리고
화살이 되어 온몸으로 가자

허공이 소리친다

허공 뚫고
온몸으로 가자
저 캄캄한 대낮 과녁이 달려온다
이윽고 과녁이 피 뿜으며 쓰러질 때
단 한번
우리 모두 화살로 피를 흘리자

돌아오지 말자
돌아오지 말자

오 화살 조국의 화살이여 전사여 영령이여

만세타령(萬歲打令)

일천구백십구년 가을이라 마산 땅 지게꾼 하나이 잡혔것다
일본순사 칼 꽂은 총 대고
그 지게꾼 꼬라! 꼬라! 몰고 갔것다
개머리판으로 실컷 얻어맞아 제법 피도 낭자하였것다
어디로 갔느냐 하면
바보는 고사하고 언청이 곰배팔이 각설이
십년 묵은 문둥이께서도 환히 알것다
방금 쏘옥 귀빠진 열달짜리도 알것다
거기가 어디냐 하면 주재소라 이것이드라고
지겟작대기 팽개쳐지고
오랜만에 작신 맞고 지게꾼 신세 면하였것다
쇠창살 안에 철커덕 갇혀버렸것다
중천에 달 떠도 그놈으 유치장이야
캄캄절벽이렷다
그때에 난데없이 만세 소리가 터져나왔것다
독립 만세!
독립 만세!

일본순사 졸음 꾸뻑꾸뻑하다가 깜짝 놀랐것다 소스라쳤
것다
단번에 쇠 끌러
지게꾼 감방에서 끌어내어다가 이리 패고 저리 패고
발길로 차려무나 몽둥이찜으로 치려무나 하여도
지게꾼 피를 토하며
만세 소리 걷잡지 못하고 외치것다
땀 뻴뻴 흘리다가 패고 차고 치고 달기에 지친
정복 순사나리 사복나리 조선놈 앞잽이나리
이놈아노 으쩐 일로노 만세노 소리
자꾸자꾸노 터져나오노
여기노 잡혀온 것도노
네놈이노 장바닥에서 만세 부른 때문이노 아니노
이놈아노 이놈아노 제발이노 구찌상노 닥치고 있으라노
하고 통사정으로 부탁하였것다
이윽고 주재소 금테쟁이 주임나리 들어와
네놈이노 만세 부르노 왜 부르노
하고 물었것다

지게꾼 피 흘리며 사지 욱신욱신거리며
퉁방울눈 뜨고 입 다물어 한일자 되었것다
나리 다시 한번 통사정조
이놈아노 기사마노 자꾸노 만세 소리 들리며노
우리 서장이노 내 모가지 이거라노
그러나 지게꾼 또다시 만세 소리 터졌것다
만세!
만세!
만세 소리 지게꾼 이번에는 찰떡 치는 메만한 대몽둥이로
철버덕철버덕 맞았것다
그래도 아이쿠! 아이쿠! 대신 만세 소리는 기절초풍 터져
나왔것다
순사 두 손 비벼 통사정으로
제발이노 만세노 부르지노 말 것이노
그러나 매 맞아 죽어가는 지게꾼 가라사대
내 배 속에 만세 소리 가득하여
맞으면 맞을수록
때리면 때릴수록

치면 칠수록
독립 만세 소리가 터져나온다 아닙니꺼

어느 방

불 끄고
옷 벗고
우리 부부 알몸으로 붙어 일어나
살이란 살 다 내리도록
껴안은 뼈 두 자루!

분단 휴전선의 밤 밝힌 뼈 두 자루!

차령산맥(車嶺山脈)

먼 산들을 좋아하지 말자

먼 산에는 거짓이 많다

시인이여

이제 먼 산들을 좋아하지 말자

우리나라의 씨짐승인 시인이여

좀더 가까운 볏단 걷은 들로

커다란 땅거미 속으로

우리에게 막아야 할 재난이 또 오고 있다

이제까지의 오랜 오욕으로

어리석음으로 기뻐한 것들이

먼 산들이 되어 저물고 있다

태백산맥의 오대산에서

치악 백운 서운산으로

천안의 작성 흑성산으로 저물고 있다

이어서 솔버덩의 청양 보령에서 장항제련소까지

하나의 긴 역사로 이어짐에

산맥이여 너 어찌 시인 하나 낳지 않겠느냐

온갖 거짓으로부터 뛰어나지 않겠느냐

시인이여
먼 산들을 좋아하지 말자
육백리 산맥으로 이어지는 어둠조차
저 기나긴 어둠의 힘조차 알고 있다
우리에게 재난이 온다
우리에게 재난을 찬미할 때가 온다
그 어떤 사악한 것도
거룩한 것이라고 말해야 할 때가 오고 있다
시인이여 이제 먼 산들을 좋아하지 말자
아무리 자손만대로 이어지는 산들이
이 세상에서 가장 자랑일지라도
흐르는 사이 마음 에어내는 안성천이
그토록 서러이 독실할지라도
우리에게 또 재난이 다가오고 있다
해 넘어간 아산만도
평택의 무른 들판도 안다
재난 속에서 그때 너에게 무엇이 시이겠느냐
시인이여 먼 산으로부터 눈을 돌리자

마침내 시인이여 결단하자
너에게 올 초토를 거부하며 쓰러질 것을
너에게 올 또 하나의 악령을 타도하며 솟아날 것을
젊은 시인이여
우리나라 마지막 상사디야 시인이여
밤에는 어이할 수 없이 불빛인 시인이여
하나하나 엄연하게 불을 밝혀라
그리하여 먼 산들을 우리들의 가슴속에서 지워버리자

걸레

바람 부는 날
바람에 빨래 펄럭이는 날
나는 걸레가 되고 싶다
비굴하지 않게 걸레가 되고 싶구나
우리나라 오욕과 오염
그 얼마냐고 묻지 않겠다
오로지 걸레가 되어
단 한군데라도 겸허하게 닦고 싶구나

걸레가 되어 내 감방 닦던 시절
그 시절 잊어버리지 말자

나는 걸레가 되고 싶구나
걸레가 되어
내 더러운 한평생 닦고 싶구나

닦은 뒤 더러운 걸레
몇번이라도

몇번이라도
못 견디도록 헹구어지고 싶구나
새로운 나라 새로운 걸레로 태어나고 싶구나

오늘의 썰물

우리는 기억하리라

이 세상을 폭풍우로 두들겨 패야 할 때가 있다

이 세상을 성난 해일로 덮쳐야 할 때가 있다

비록 흰 거품 물고 물러서지만

오늘의 썰물로 오늘을 버리지 말자

오늘이야말로 과거와 미래의 엄연한 실재 아니냐

우리는 기억하리라

기억해 자식에게 전하리라

오 끝없는 파도의 민족이여

그러나 이 세상을 한밤중 우는 아이로 달랠 때가 있다

역사가 아버지가 아니라 내 자식일 때가 있다

오늘을 내 자식으로

멀어져가는 썰물의 파도 소리로 잠재우건만

그뿐 아니라 이 세상을 온몸으로 참회할 때가 있다

참회란 땅을 치고 후회하는 게 아니라

하지 못한 일을 끝내 해내는 데 있지 않느냐

지금 우리에게 할 일이 있다

우리는 파도치면서 젊은 밀물로 돌아오리라

우리들의 생존 몇천년이 오늘이 되어

바다 전체로 온 누리로

우리들의 밤을 하나하나 드높은 별빛으로 기억하리라

3월(三月)

마정리 아이들의 노는 소리
저게 요순시절이구나
나는 안다
아이들의 노는 소리가
만세 소리보다 백번이나 귀중한 것을
십년 동안 만세 불러온 나는 안다

근대 이래 죽도록 만세만 불러온 겨레 아니냐

친구야 오늘의 만세가 무엇인가를 나는 안다
너와 나 여기에 두 팔로 태어나서
내일도 또 내일도 두 팔 들어 만세 불러야 할 겨레 아니냐
동서남북이 하나의 노을인 그날까지
동서남북이 하나인
그날까지

그렇다 그 다음날 너도 나도 슬픔 없이 죽어서
이 강산 낙화유수 노는 소리에 어차피 우리도 노는 소리
무덤 아니냐

자작나무숲으로 가서

광혜원 이월마을에서 칠현산 기슭에 이르기 전에
그만 나는 영문 모를 드넓은 자작나무 분지로 접어들었다
누군가가 가라고 내 등을 떠밀었는지 나는 뒤돌아보았다
아무도 없다 다만 눈발에 익숙한 먼 산에 대해서
아무런 상관도 없게 자작나무숲의 벗은 몸들이
이 세상을 정직하게 한다 그렇구나 겨울 나무들만이 타락
을 모른다

슬픔에는 거짓이 없다 어찌 삶으로 울지 않은 사람이 있
겠느냐
오래오래 우리나라 여자야말로 울음이었다 스스로 달래
어온 울음이었다
자작나무는 저희들끼리건만 찾아든 나까지 하나가 된다
누구나 다 여기 오지 못해도 여기에 온 것이나 다름없이
자작나무는 오지 못한 사람 하나하나와도 함께인 양 아
름답다

나는 나무와 나뭇가지와 깊은 하늘 속의 우듬지의 떨림

을 보며

　나 자신에게도 세상에도 우쭐해서 나뭇짐 지게 무겁게
지고 싶었다

　아니 이런 추운 곳의 적막으로 태어나는 눈엽이나

　삼거리 술집의 삶은 고기처럼 순하고 싶었다

　너무나 교조적인 삶이었으므로 미풍에 대해서도 사나웠

으므로

　얼마 만이냐 이런 곳이야말로 우리에게 십여년 만에 강
렬한 곳이다

　강렬한 이 경건성! 이것은 나 한 사람에게가 아니라

　온 세상을 향해 말하는 것을 내 벅찬 가슴은 벌써 알고
있다

　사람들도 자기가 모든 낱낱 중의 하나임을 깨달을 때가
온다

　나는 어린 시절에 이미 늙어버렸다 여기 와서 나는 또 태
어나야 한다

　그래서 이제 나는 자작나무의 천부적인 겨울과 함께

깨물어 먹고 싶은 어여쁨에 들떠 남의 어린 외동으로 자
라난다

나는 광혜원으로 내려가는 길을 등지고 삭풍의 칠현산
험한 길로 서슴없이 지향했다

구름에 대하여

1980년 이래 나는 절대로 구름하고는 말하지 않았습니다
그리운 사람 하나 없이
하루하루 견디는 일이 가장 괴로웠습니다
오 거짓이여
세상을 내 어머니라고 말하고
황량한 날의 계엄령을 그리운 사람이라고 말하면서
철창 사이로 한 조각 구름을 처음 보았을 때
그 구름 조각에게 한 찰나의 추파도 던지지 않았습니다
그 구름 두둥실 사그라진 남천에 대고 애걸하지 않았습
니다
나는 넘어가고 넘어가고 넘어가고 넘어가면서
끝내 무릎 꿇지 않았습니다
나는 밤에도 낮에도 암실에서도 별처럼 깨어나서
기원하지 않았습니다 나를 위해 기원하지 않았습니다
지난날 나는 구름에 너무 많이 걸었습니다
나는 그 구름의 역사를 역사 속에 파묻어버렸습니다

릴레이

괜히 괜히 내 나이 사십은 감해질 수 있는 날
만국기 휘날리는 국민학교 체육대회의 날
이런 날 마지막 판
릴레이가 제일 좋더라
한바퀴 환호성에 묻혀 돌고
힘껏 돌고 나서
저절로 바통을 전하는 게 좋더라
미련없이 전하고 풀려나는 게 좋더라
그런 다음
다음 주자 온몸으로 이어받아 한바퀴 도는 게 좋더라
이런 날 어디에 따로 슬픈 아이 있느냐

역사란 무엇이냐고 너 묻는다면
그건 바로 릴레이 바통 인계할 줄 아는 것이다

역사의 바통 다음으로 인계하지 못하는 민족 어디 있느냐
그놈들은 미개하구나
그놈들은 미개하구나

조국의 별

별 하나 우러러보며 젊자
어둠속에서
내 자식들의 초롱초롱한 가슴이자
내 가슴으로
한밤중 몇백광년의 조국이자
아무리 멍든 몸으로 쓰러질지라도
지금 진리에 가장 가까운 건 젊음이다
땅 위의 모든 이들아 젊자
긴 밤 두 눈 두 눈물로
내 조국은
저 별과 나 사이의 가득 찬 기쁨 아니냐
별 우러러보며 젊자
결코 욕될 수 없는
내 조국의 뜨거운 별 하나로
네 자식 내 자식의 그날을 삼자
그렇다 이 아름다움의 끝
항상 끝에서 태어난다 아침이자
내 아침 햇빛 떨리는 조국

오늘 여기 부여안을 일체 결합의 젊음이자

부활(復活)

동해 몇억조 파랑 망망하거라
누가 있어 일망무제의 바다 다스리겠느냐
하늘과 하나인 저 태백산맥과 영동지방의 순박한 사람들
이여
잘 자거라 오늘 밤은 해조음조차 없이 길구나
세상이 고이 잠들어 둥근 밤
다만 뒤척이는 것은 빈 게껍데기들인지라
너희들은 그냥 껍데기로 부서져 조각조각 흩어지지 말고
다시 한번 동해의 자랑으로 해금강에서부터 울진 아래
까지
그 긴 기슭에서 어기적대며 살아나거라
삶은 그 어떤 죽음의 영광보다도 뉘우칠 바 없으니
밤새도록 요란스러이 음파로 울부짖지 말고
한반도 환생의 초음파로 아무도 몰래 울부짖어 살아나
거라
그리하여 붉은 해 낙산사 앞바다에 불끈 솟아오르면
그 붉은 햇빛을 받아 이윽고 완벽하게 태어난 몸
저마다 껍데기 속의 살과 두어개의 게 눈도 얻어서

열개의 사나운 발로 가로가로 달려보아라
처음으로 달밤 같은 거품 뿜어대며 기어나가라
동해 전체의 기슭에서 모든 게들아 게들아 기어나가라
이 얼마나 옳은 일이냐 너희들의 부활 너희들의 동해여
동해 몇억조 파랑 망망하거라
그 어떤 뇌성벽력도 태풍 아이다도 태풍의 태산준령도
한마리 한마리의 너희에게는 다만 적막한 거품인 것을
동해 융기해안의 게들아 너희들이야말로 갈 데 있다 가
거라
몇천길 깊은 바닥에 도사린 무서운 암초들을 물어뜯어라
가서 그 암초 부스러기 물고 천리 물길 돌아오거라
물어뜯기운 아픈 바다는 드디어 아픔으로 빛나며
울부짖는 파랑 진노하는 파랑으로 뒤덮여
아무리 바라보아도 수평선도 보이지 않는구나
이제는 하늘과 태백산맥도 그리고 영동지방의 사람들
까지
온 세상이 다 잠으로부터 깨어나서 아침이거니
모든 뼈에 살이 붙고 모든 몸에 넋 따위가 붙어

떠난 나그네들아 나라 없는 나그네들아 돌아오라

가을 저문 들 늙은것 어린것이 돌아가듯이 돌아오라

어이 한갓 게 따위뿐이냐 가장 멀리까지 헤엄쳐간 오징

어들아

동해 한복판 동경 1백36도까지 헤엄쳐간 오징어들아

아니 이 같은 대낮 고성 속초 주문진 평해까지 널린 오징

어들아

너희들도 다시 눈부신 물오징어로 헤엄쳐서

모든 죽음으로부터 삶으로 돌아가는 장엄한 부활로

너희들의 자유와 지혜의 관능으로 너희들의 집단으로

울릉도 독도 그 너머 한복판의 무한으로 가거라

아 이 나라의 욕된 시대 살아남지 않고 죽은 이들아

죽어서 집도 없는 무주고혼들아

혼이란 무엇이냐 다만 넋두리일 뿐 바람일 뿐

그것으로부터 과감하게 삶을 머금고 부활하라

저마다 다시 태어나 동해 몇억조 파랑 앞에서

어느덧 무거운 태풍의 먹구름 가버린 뒤의 달밤에

하이얀 하이얀 동해 명사십리 모래밭에서 춤을 추어라

너희들 백의민족 인산인해의 춤으로 가득하거라
동해 몇억조 파랑 망망하거라
북과 쇠북아 이 세상에서 왕이란 자 묻고 울려퍼져라
동해 몇억조 파랑 망망하거라
나의 동지 동해 몇억조 파랑 망망하거라

아버지

아이들 입에 밥 들어가는 것 극락이구나

아이들 입에 밥 들어가는 것 극락이구나

선술집

해 지고 나서
하나둘 들어서는 집
선술집
처마 끝 등불에 끼는 밤물컷들

가야 할 사람

가고 있다
가고 있다
가야 할 사람이 가고 있다
섭섭하게
여기까지는 참 좋다

수평선

벗과 더불어 수평선이 있구나
부디 혼자 오지 말자 혼자 오지 말자

내장산

병든 아우야 내년의 단풍 보고 죽어라

병든 아우야 내년의 단풍 보고 죽어라

변산

이 세상에서 모래 한알이 가장 옳다

이 세상에서 모래 한알이 가장 옳다

나들잇길

옆대기 만곤이 수곤이 형제와
전 이장 홍구씨와
너나들이 복술이
이렇게 허물없는 네댓이서
걸어둔 잠바 입고
평택 제일예식장에 갔다
이 얼마 만이냐
오래간만 대처에 갔다
담배도 누런 청자로다 한 갑 샀다
공도면 사는 김주식의 아들 결혼식이
거기서 딴따라라 딴따라라 하며 열렸다
신부는 양성이씨 종산 근처
군계고개 가겟집 딸이라는데
화장 한번 진하여 미운지 고운지 몰라보아도
턱이 두툼해서 성깔은 좀 들었겠다
우리는 부좃돈 천원 또는 이천원 내고
신랑측 손님 대접하는 일미식당으로 갔다
거기서 육개장백반에 소주잔깨나 주거니 받거니

술 인심 하나 붙잡고 이 세상 사는 것 아닌가
그래서 우리는 콧마루가 맹맹히 취하기 시작했다
주식이 자네 며느리 잘 보았네 암 잘 보았네
서로 잡는 손 나뭇등걸 같으나
우리들의 반가운 웃음에 이빨이 쪼르르 빛났다
거기서 이만저만 나와서
우리는 한푼씩 내기로 이차를 제의했다
큰거리 막걸리집에 들어가 당당해졌다
천장에는 파리떼 옴짝달싹하지 않고 붙어 있고
형광등에는 파리똥깨나 뿌려져 있다
그 밑에서 우리는 새 세상으로 둘러앉아
꽤나 독해진 막걸리 대여섯 병을 마셨다
어이 주모에게 농담을 걸어도
째진 눈매 하구선 대꾸도 없어 싱거웠다
우리는 어드메 쓰다 달다 하지 않고
거기서도 표표히 나와
바람 부는 거리의 먼지에도 끄떡없었다
안성 가는 일반버스에 어서어서 타고

꾀벽쟁이 동무 창수를 만나보러
만정리 지나 문터에서 내렸다
그는 부쩍 야위고 수염발 희끗거렸다
농약에 중독된 이래
이날 저날 시름으로 앓고 있었다
창수 자네 어서 일어나세
일어나 술 한잔 하세
어쩌고저쩌고 병문안했으나
한참 있다가 나와버렸다
야구르트라도 드시구 가셔요 하고
창수 마누라가
학교 앞 가게로 가려는 것을 말렸다
거기서 나와
우리는 술이 깨면서 서로 두리번거렸다
이 세상이 천년이나 사는 곳이 아니라
우리들 하나하나 떠나야 할 세상이었다
그러나 복술이도 나도
여기서 상여 타기 전에는 어디로 가지 않는다

나그네는 칠성판 나그네로 그 한번으로 족하니
우리에게는 땅 부쳐 먹는 일밖에는
배운 도둑질 하나 없는
늙은 황소 주암옹두리 아닌가
휘적휘적 고개를 넘자
우리 동네 뒷동산 리기다소나무들이
우리보다 먼저
우리를 알아보고 바람을 쓸어내고 있다

밥

수북수북 눈 쌓여 날짐승 궁하다
개밥그릇에 와서
개밥 남지기 잘도 먹네
까치 두마리
아침저녁 꼭 와서
개 먹고 나면 잘도 먹네
개 보아라 제 밥그릇에
까치 와도 으르렁댈 줄 모른다
이래야 한다 이래야 한다
멀리 산 하나 솟는다
이 세상의 밥 이래야 한다

입춘

아직도 추운 밤인데
아직도 추운 아침 꼼짝하기 싫은데
내 동생 만길아
오늘이 입춘이구나

얼마나 고마우냐 오늘이 입춘이구나

아직도 겨울인데
이 겨울에
봄이 왔구나

만길아 나와보아라
빈 들도
하늘도 부옇다
보아라 이쪽 장구배미에도
저 언덕 비알밭에도
냉이 뚝새 파랗게 돋아났구나

아무리 숨 막히던 긴 겨울이라도
겨울은
끝내 하나의 봄이고야 만다
그동안
언 산 언 것들
그대들도 끝내 녹고야 만다

내 동생 만길아
일년 중 가장 좋은 날이 오늘 아니냐
가장 좋은 날 입춘 아니냐
이날이면
묘향산 지리산 범도 사람 된다
고목 한그루도 눈뜬 사람 된다

주린 새 드높이 날아간다
그놈들도 산 넘어가서 사람 된다
내 동생 만길아
나와보아라

나와서
너도 나도 새 되든지
밭두렁 풀 되든지 하자꾸나

동행

단협인가 개좆불인가 다녀오는 길 팍팍한 길
돈 좀 얻으러 갔다가 눈꼴신 꼴이나 보고
발바닥만 아픈 길 땀바가지 길
왜앵! 하고 따라붙는 놈은 날파리 한 놈이구나
안 그래도 귀때기 새파란 놈한테 아쉬운 소리 했다가
농민들 의식구조가 돼먹지 않았어
걸핏하면 농협에나 의존하는 의타심 버려야 해
농협은 농민의 감기까지 배탈까지 걱정하는 데 아냐
어쩌구저쩌구 그따위 흰소리나 듣고 오는 길
날파리야 네놈 하나 귀찮게 따라붙었구나
이마빡에 앉았다가 쫓으면 팔뚝에 앉고
팔뚝 내두르니 이번에는 모가지에 앉는구나
아무리 쫓아도 웽 하고 따라붙는 놈
벌써 마을에 접어들어도 헤어질 줄 모르는 놈
쫓다가 쫓다가 이제 팍 정들어
그래 가는 데까지 가자 함께 가자
급전 얻을 사촌 없다 사돈 없다
별수 없이 소 한마리 있는 것

단돈 오십만원이라도 받고 팔아야지
죽지 않고 고르릉고르릉하시는 팔순 어머님
그 돈으로 주사라도 몇대 맞게 해드려야지
날파리야 날파리야
이제 보니 네놈밖에 알아줄 놈 없구나
산에 가서 똥 싸면
맨 먼저 웽 하고 달려오는 네놈밖에

지나가며

절하고 싶다 저녁연기 자욱한 먼 마을

기러기

기럭아 기럭아
워디 가니
저기 청천강 간다
뭣하러 가니
새끼 치러 간다
몇마리나 치니
한마리 두마리
나도 몰라
네가 가면
나도 갈 날 있단다
호르르

입추 뒤

귀뚜라미야
귀뚜라미야
밤새도록 너는 싸우고 있구나
거룩하구나
우리에게는 오두막도 없이
언제나 반대가 옳았다
저 거짓투성이 네거리에 세워진 것은
그 누구도 세우려 했던 것이 아니다
우리에게는 차라리 어둠이 나라였다
이 땅에서 꿈이란
젊은 날 목메어 울던
푸른 하늘이 아니라 반대였다
노래하는 동안
뭉치는 동안

새벽

그가 항상 먼저였다
어둑어둑한 데서
거리의 쓰레기를 쓸고 있었다
그들이 먼저였다
공장으로 가는 그들이 먼저였다
첫차는 씽씽 달려간다
이때뿐이다
가장 좋은 때는 새벽뿐이다
그놈들 아직 자니까 뻗어 있으니까

관광객

관광이란 본디 주역 문자렷다
근본을 본다 이것이렷다
허나 관광객이란 건달 아니고 무엇이더냐
소원이 있다면
이 분단국가에서는 건달 되는 게 소원일 거라
70년대 이래 이 땅은 왜놈 양놈 기생관광으로
밤마다 벌거숭이 흥청댔으니
어디 네놈들만 놀아나랴
이 땅의 선남선녀도 건달로 놀아나야지
그러나!
정전이다 캄캄절벽 속에서 들어라
관광객이 많다는 건
이 땅에는 진리가 필요 없다는 것이다
들어라 너와 내가 관광객이 된다는 건
이 땅에 대하여 타인이라는 것이다
설악에 가지 말아라
제주도에 가지 말아라
신라 천년 절간에 가지 말아라

그리움

물결이 다하는 곳까지가 바다이다
대기 속에서
그 사람의 숨결이 닿는 데까지가
그 사람이다
아니 그 사람이 그리워하는 사람까지가
그 사람이다

오 그리운 푸른 하늘 속의 두 사람이여
민주주의의 처음이여

바람 시편

　기념

바람 인다

돌에 너를 새긴다
하늘 아래
너를 새긴다

　상원사

깊은 밤 솔바람 소리

이 세상의 아이들아
잠든 아이들아

어서 어른이거라
어른으로
어른으로

잠 못 이루어라

　미풍

저 은단풍나무 우듬지 하나 꼼짝 못하는 고요여
이윽고 살랑
작은 이파리 건드려
오 미풍이여

그동안 나는 너를 모르고 살아왔구나

　대화

바람이 사람일 때가 있다
그와 함께 이야기하고 싶을 때가 있다
사람과 사람 사이
어두울 때

거기에 바람이 분다

　향기

긴 겨울 치르고 나서 말 없다
그 푸른 보리밭 추운 봄바람에
불현듯
열일곱살 아가씨 솟아오른다
그 가슴속 어둠이고저 빛이고저

　고압선

쫓기는 청년아
멀리멀리 뻗어나간 고압선 켱겨 부르짖는 바람 소리 들
으며
쫓기고 쫓기는 청년아

이 시대의 너 있어 명예 아니더냐

　　호수

이제까지 바다 탐내었느니라

욕심도 희망도 줄여
호수에 가
거기 담겨 있는 산 그림자에 돌 던져라
다시 살아나는 산 그림자에 돌 던져라
그러다가 바람이 와
물푸레나무랑 나랑 기뻐 어쩔 줄 몰라
던진 돌 가라앉은 뒤

　　달밤

달밤에는 백리까지 한마을이다

돌아가며

오늘 하루 잘못 나온 말 고친다
지나치는 마을 뉘 집에
아직 꺼지지 않는 불빛 있다면
그 불빛 꺼드리며

내일 모레 바람에
남은 잎새 다 떨어지리라
그 바람 맞아들이며

소흑산도

바람 속에서 사는 이여
어드메 의지할 데 없이
그냥 바람 속에서 사는 이여
배 하나 오는 것 보이지 않는데
붉은 동백꽃 피어
그 앞에 서 있는 이여
그대에게 소위 이별이 무슨 소용이겠는가

태풍

나의 동지 태풍이여

네가 오므로
이 나라가 우렁차구나
이 나라의 깡깡이 따위 파묻고 우렁차구나

나의 동지 태풍이여 혈맹 태풍이여

감사

아름다움 이전에
사상 이전에
우리가 감사해야 할 것은
어쩔 수 없이 저 바람이다

저 바람에 흰 빨래 펄럭이는 것 보아라

  권고

바람 치는 날
몽고바람 치는 날
떨쳐
먼 길 떠나지 않을 터인가
사나이 시절에 못 견딜진대
그저 이대로
어라둥둥 석얼음으로 빈들거려서는 안되지 않겠는가
하늘 아래 삭정이 한 가지도
바람으로 떨어대어 마디고 마딘 불쏘시개이거니와
하물며 이 땅의 어둠으로 자란 사나이 하나하나
그대 앞가슴 벼랑 달구어
먼 길 나서지 않을 터인가
비록 먹구름장 만장 몰려올지라도
바로 거기 아닌가

그대 품어낼 드넓은 누리 다홍치마 휘날리는데
바람 치는 날
그대 떠나지 않을 터인가
그대 떠나지 않을 터인가

두 아낙

추운 안성 장날
먼지 날리는 날
동쪽 삼죽으로 시집간 사람하고
대덕 내리로 시집간 사람하고
딱 만났다
얼라 이게 누구! 봉순이 아녀!
아니 정림이 아녀!
이 얼마 만이냐
시집가서
친정 이름 다 없어지고
아무개 마누라 아니면
어느새
홍섭이 어머니
관호 인호 쌍둥이 어머니
그런 마누라로
그런 어머니로
언제 한나절 놀아본 적 없이 살아왔다
그러다가 안성 장날 나와

친정 동네 처녀 때 동무 만나
옛 이름 불쑥 튀어나왔다
제 이름 찾았다
봉순이!
정림이!
아 달 밝은 밤
그토록 밤새우고 싶었던
봉순아 정림아 그 이름 찾았다
늙은 아낙네 어디 하나 옛날 없이!

친정 동네 처녀 때 동무 만나

잉크

두살배기가
내 책상 원고지에
김형균이가 찍어다 준 원고지에
잉크를 몽땅 엎질렀다
글 쓴 원고지 흩어 거기에 엎질렀다
너 이놈!의 '너 이'까지 튀어나오다가
그 호통 아차 하고 숨 돌려
내 얼굴 환한 웃음으로
잘했다 잘했다 하고 얼러주었다
이건 뭐
아기를 위해서가 아니었다
진짜 잘했기 때문이다
내가 애써 쓴 글
그 글이 잉크로 다 지워져 없어졌다
그 폐지(廢止)
그 소멸 지나서
나는 다시 쓰리라
죽음 없이 어이 새로우냐

이 땅을 실컷 노래하리라 밤이여

두살배기 차령이가 이것을 가르쳤다
둥기둥기
새 세상 노래하리라
둥기

국화

남쪽의 시인이여
어찌 국화 따위만을 헛되이 노래하느냐
수많은 꽃들에 대하여
그대는 죽음이다
아니
역사에 대하여
그대는 죽음이다
북의 시인이여
어찌 어버이만 굳게 노래하느냐
수많은 형제자매에 대하여
그대는 죽음이다

남과 북의 시인이여 그대들 떠나라
오 죽음으로부터 거짓으로부터

역사로부터 돌아오라

벗들 소위 역사로부터 돌아오라

흘러 흘러 압록강이 바다에 있구나

인천 작약 영종도 너머 바다에 있구나

역사로부터 돌아오라

그것이 역사다

우리가 역사의 길 가기 위해서는

지나가버린 역사로 도피하는 기술을 끊어야 한다

그 기술에는 내일이 없다 역사가 없다

그 단군조선 따위도

화랑 따위도 뭣도

쭈우 미끄러져

동학도

이제 3·1운동도 그만 말하고

그 역사로부터 돌아오라

아무리 거기에 커다란 뜻 나붙어도

그것은 그것일 따름이다

역사가 커지면

역사가 무거워지면 오늘이 없다

벗들 역사로부터 돌아오라
아무리 발길로 차도 동티 나지 않는 해골의 역사로부터
관념의 늪으로부터
가장 용기 있는 듯한 착각으로부터
과장으로부터
거짓으로부터 돌아오라
그토록 싱싱한 삶으로 된 역사도
그것을 말하는 자의 안보에 의해
시들어버린 역사가 된다
벗들 돌아오라
그대 역사의 길 그것이 아니다 그것이 아니다
이 땅 몸뚱어리 벌레처럼
가장 잘 발달한 이유로부터 뛰쳐나와
그 기술로부터 뛰쳐나와
여기
한낮 벅찬 역사의 길 가야 한다
압록강도
청천강도

대동강도

임진강도

한강도

금강도

영산강도

탐진강도

섬진강도

남강도

아 낙동강 칠백리도

두만강도

이윽고 그 수많은 물들 바다로 가야 한다

역사로부터 돌아오라

가야 한다

벗들 돌아오라

거지가 되어

돌아오라

제 3 부

고형렬·백낙청 정선

먼 데

바람 부는 날
먼 데 바라보면
거기가 내 고향입니다

사람에게는 먼 데가 있어 축복입니다

미안하여
닭과 중병아리들에게 모이를 주었습니다
바람에 잔털 좀 들리는 중병아리들에게
구구구 소리도 주었습니다

아기의 말

세살 네살 아기의 말
말 배워
여기저기서 튀어나오는 말
하늘 아래
큰 공중이 깜짝 놀라는 말
그 말로 하여금
이제까지 만년의 말들 자취 없고
이 나라에
새로운 말이 태어납니다
새로운 세상이 태어납니다
버들가지에 푸릇푸릇 물들어 태어납니다
뭇사람이여 아기 앞에서
그대들의 말 한번 버릴지어다
그대들의 사상 버리고
새로 푸릇푸릇 태어날지어다
희뿌연 하늘 아래

쌍무지개

무지개 하나 걸리더니
거기에
어깃장 놓아
또 한 무지개 암무지개 걸렸습니다

이 어인 극치입니까

진작 순정을 먼 항구에 두고 와서
어쩔 줄 모르도록
좋아라 하는 순정도 없이
이 어인 극치입니까

견주어보건대
먼저 걸린 무지개보다
좀 약하게
그러나 더 하염없이 걸렸습니다

쌍무지개 그 아래

떠난 내 동무 돌아옵니다
모든 무덤들
다 열려
거기서 나와
쌍무지개 바라봅니다

새들도 모여듭니다
풀섶 벌레도 서둘러 울기 시작합니다

태풍

태풍이 불어닥친다
나는 살기 위해
책을 버렸다
내 이름을 버렸다
컹컹컹 짖어대는 개와 함께
살기 위해

아 비로소 내 힘의 대지 위에 내가 있다

산수유

여기저기 산수유꽃이시어라
추운 바람 속
이미 봄이옵나니

그것도 모르고 기다리던 봄이시라면
제 마음 가득히 여든살 아흔살도 헛되옵나니

이런 봄 첫걸음에 점심 굶는 어린이 있사옵나니

난초 앞에서

무지가 난초처럼 조용하다면
얼마나 좋겠는가
그러나 무지는 반드시 행위로 나타난다

이윽고 오늘 아침 난초꽃이 피어났다
괜히
밖에서 백합꽃도 피었다
긴 장마 동안
아무런 꽃도 필 수 없다가

오 무지여 암흑의 행위여 가거라
이 꽃들에게
할 말이 없을 때가
얼마나 영광인가

다시 눈물

이 세상은 눈물이 있어서
여자의 눈물이 있어서
비로소 이 세상이 사는 것 같구나
달빛 아래 자욱한 지난날
살아온 것 같구나
그런데 1980년대 이래
이 나라의 여자들은 울지 않는다
이제까지와 전혀 다른 시절이 왔다
이데올로기가 아니라
여자의 눈물로 그것을 안다

지난 몇천년 동안의 여자들이여 감사하다

골리앗 크레인

그들은 84미터 공중에서 떠 있었다
울산 현대중공업노조 1백20여명이
그 골리앗 크레인 위에서
이틀 뒤 노동절을 기념했다
간단하게
간단하게
그러나 가장 비장하게

훗날 자식들로부터 나쁜 일 했다는 말
듣지 않으리라고
몇번이고 다짐하면서
간단하게

그로부터 한 사람씩 몇 사람씩 내려왔다
쌀이 떨어졌다
라면도 떨어져갔다
한밤중 오들오들 떨었다
그러나 별 바라보며

헬멧을 눌러쓰고 밤을 새웠다

남은 라면도 아래로 던져버렸다
하나둘 쓰러져갔다
하루가 갔다
또 하루가 갔다
그러나 그들은 공중에서 떠 있었다
지상에서는
발을 구으르며
그들이 이념이었다 고향이었다
너도나도 두 주먹 불끈 쥐었다

늙은 어머니가 내려오라고 부르짖었으나
공중 농성의 아들은 대답 없었다
아래에서 김밥 약밥 송편 들을 보낸다 했다
그것을 거절했다
드디어 마실 물도 버렸다
아 단식밖에 남은 일이 없었다

열사흘이 흘러갔다
5월 11일
마지막까지 남은 51명이 내려왔다
골리앗 농성 끝
그들은 병원으로 이송되었다
그들은 감옥으로
어디로 갈 것이다
그러나

그러나 그들은 아직 거기 있다
84미터 공중에서
언제까지나
그대로 떠 있다

이 땅의 아무 데도
이 땅 위의 아무 데도 끝이 없다
그들은 거기 있다

울산 현대중공업노조의 싸움 거기 있다

상계동 가는 길

모든 언덕과 논이 도시로 변화하므로
개구리야
너 해오라기야 가거라

전위! 그것은 항상 변두리에 있다

그러나 여기서는
그 어떤 빛나는 밤바다 위 인광도 없이
지금 모든 것이 쫓겨가고 있을 뿐이다
태양까지도

산기슭

낮 12시 무렵부터
이미 그늘 받아들여서
녹을 것
아무것도 없이
얼어붙은 채

긴 밤 말소리 숫제 없다

말인들 그 무엇이더냐
이 겨울 다 간 뒤
겨우 파릇파릇 냉이 무릇 돋아날 때
거기에도
말이 그 무엇이더냐

봄이 와 눈석임물 쫄쫄쫄 흘러
아 너희들로서 말 삼을 다음 세상이여

영일만 1

30년 전에는
나의 어머니 같았다
한없이
내 친구의 어머니 같았다

20년 전에는
나의 어머니였다
어이없었다
어머니
어머니
하고 목놓아 불렀다

그러나 이제
공장은 어머니를 죽여버렸다
여기
해와 달이여
그대 맞이할 어머니 없다
어머니 없으니

아무리 긴 잠 자도 꿈이 없다

몇만년 전부터 모래는
이 세상의 끝을 알려주었다
누가 알았겠는가
그 모래들이
모든 사람과 짐승 들의 어머니였던 것을

이화령

벗이 벗으로 보이더라
세계는 한 송이 꽃이라고?
그게 아니라
오랜 벗이 벗으로 보이더라
20여 년 전
세상 떠난 아버지 잘 보이더라
눈보라 이화령에서
차는 아주 조심스러이 내려왔다

거기가 충주였다
충주에서 저녁밥 사 먹었다
산더덕이라지만
어디 그게 산더덕인가

밤길은 싸움에서 진 사람인가 통 말이 없었다

올빼미

대낮 올빼미
눈 부릅떠
아무것도 못 본다
기다려라
네 밤이 온다 꼭

아기

네가 태어나기 전
아비 이전
어미 이전

거기에 네 옹알이

소고기

다 무엇이 되어가고 있다
이때가
가장 한심하여라
칼로 쳐라

다 무엇이 되어가고 있다
소가 소고기가 되는 동안

웃음

삶은 돼지대가리
그 웃음 앞에 서서

부디부디 이렇게만 너그러워라

삶은 돼지대가리

주정뱅이

나는 단 한번도 개체가 아니었다
세포 60조!
나는 전체로 살고 있다
갈지자 지랄하네
술 취한 세포 60조!

좌선(坐禪)

앉으면 부처 죽인다 에미 죽인다
앉지 말라
서지 말라
오대양 육대주
아니
밝은 달 계수나무
여기도 저기도 뜨거운 솥뚜껑이라
발 디딜 데 없다
어쩔거나

청개구리

청개구리 한마리
네가 울어
하늘 가득히 비구름 모여든다

과연 천하장사로구나
요놈

뻐꾸기

이른 아침 뻐꾸기 세마리 나란히 앉아
이 세상 좋을시고
저 세상 좋을시고 말 없다
어제 울던 뻐꾹뻐꾹 다 잊어버리고
오늘 울 뻐꾹뻐꾹 아직 일러라
이때가 제일 좋은 때!

별똥

옳거니 네가 나를 알아보누나

옳거니 네가 나를 알아보누나

내일

괴로운 날은 오직 내일만이 푸르른 명예였다
그것이 나에게 남아 있는 힘일진대
손 흔들어
저물어가는 날을 속속들이 보내야 했다
그 무엇이 참다웠던가
이것이라고
저것이라고
또 저것이라고
지난날
수많은 밤이 쏘아올린 별빛 아래
사랑하는 일도 미움도
내 아버지의 나라도
오늘뿐이라면
차라리 빈 잔 그대로 두어 권하지 말라

내일! 이 얼마나 빛나는 이름이냐
오 남루의 운명
아무리 눈부신 육체와 독재가 하나일지라도

그것이 오늘이라면
이미 저 건너 바람 속으로
한 어린아이처럼
어떤 환영인사도 없이 혼자 빗발쳐 오리라
내일!

나무의 앞

보아라 사람의 뒷모습
신이 있다면
이 세상에서
저것이 신의 모습인가

나무 한그루에도
저렇게 앞과 뒤 있다
반드시 햇빛 때문이 아니라
반드시 남쪽과 북쪽 때문이 아니라
그 앞모습으로 나무를 만나고
그 뒷모습으로 헤어져
나무 한그루 그리워하노라면

말 한마디 못하는 나무일지라도
사랑한다는 말 들으면
바람에 잎새 더 흔들어대고
내년의 잎새
더욱 눈부시게 푸르러라

그리하여 이 세상의 여름 다하여
아무도 당해낼 수 없는 단풍
사람과 사람 사이
어떤 절교로도
아무도 끊어버릴 수 없는 단풍
거기 있어라

폭염 이후

긴 장마에 마음 썩어
마음속 벌레 썩어
어쩔거나 세계는 퇴폐로 가득하구나

이토록
그 어디에도 새로운 기쁨 없을 때
쨍!
섭씨 35도 이상의 불볕더위
그것이 찾아왔다
이제까지의 체제가 무너졌다
신들이 다 도망치고
새로운 아메바들이 그늘에 모여들었다

어쩔거나 아무런 노력 없이도
땀을 뻘뻘 흘리고 있다
위대한 것이라고는
하나도 없이
이때였다

이때였다
8월 20일 무렵 오후 4시부터 5시 사이
이때였다
최고의 풍경 그것
하얀 햇빛 아래
아무도 꿈꾼 적 없는 명징이여
심지어 전주들의 잿빛까지
지붕의 낡은 주황색까지
저쪽의 슬레이트 회색까지도
햇빛에 표백되어
온통 하얗게 빛나고 있다

그 어리석은 장마 이후의 녹색조차
그 어리석음 빠져나가고
온 세상이 하얗게 드러난다
이때였다
최고의 풍경 그것

아이들의 웃음조차 필요 없다
모든 교회들아
네 종을 죽여라
모든 은행들아
네 문을 닫아라
최고의 풍경 그것

우리나라 화가들이여
왜 이 8월 하순의 세계를 모르는가
왜 이때를 버리고
구라파의 후기인상파로만
중국의 남종화로만 헤매고 있는가

우리나라 3천년 전의 신들이여
만약 지금도 그대들이 있다면
8월 햇빛
이것이 그대들이다
마음껏 웅성거린 벙어리

최고의 풍경 그것

나는 8월 1일 태어났다 그리하여 8월 31일 죽으리라

동네 가게에서

안성으로 가지 않고
평택으로 가지 않고
15분쯤 잰걸음으로 가
동네 가게에서 우유 한 곽을 샀다
섭섭해서
소주 두 병도 샀다
알레그로 안단떼

짧은 해 훌쩍 넘어가면
소주가 나를 알아보고
내가 소주를 알아본다
원수라면
이런 원수 어디 있는가
그것이 애정이라면
이런 애정 어디 있겠는가

멀리 가지 않고
내가 잠깐 사이 다른 사람이 될 수 있는

이 한 잔 두 잔의 취기

그럴수록 이성이 정서보다 빛난다
끝까지 받고 있는
산꼭대기의 낙조
그 취기

아리랑

1937년 어느날 연해주 고려 사람들
당장 화물차에 실려
시베리아 철도에 실려
바이칼 호수 끼고
열흘이고 보름이고 가다가
5천여명 하나하나 죽어서
그 송장 내버리며 가다가
이게 어디란 말인가
알마아타 황야에 이르러
너희들 까레스끼 여기서 살아라
하고 다 내버리고
빈 화물차 떠나버렸다

멀리 남쪽으로 천산산맥 하얀 눈 쌓였다
앞과 뒤 맨땅 풀밭
여기에 움막 짓고 솥단지 걸어
죽어가며 살기 시작했다

그런 세월 모진 60년 지나
2세 3세
어린이 김 나딸리아
박 일리이치
그 가운데 아나똘리 강
나이 열한살
발랄라이까 잘 뜯어

거기다가 아리랑 악보 주었더니
한번 훑어보고
아리랑 아리랑 아라리요
그 곡을 뜯어 노래하는데

놀라워라 그 아이의 노래
이제까지 이런 슬픔 없었다
눈에 눈물 고여
이제까지 이런 슬픔 없었다

처음 부르는 아리랑인데
그 노래 가운데
조상 대대의 온갖 슬픔 다 들어
그것과 동떨어질 수 없는
이 어린아이의 눈물이여

이것이 피인가 노래인가 무엇인가
아리랑 아리랑 아라리요

어머니

어느 아주머니 혼자 가며
둘인 듯
도란도란 말소리
혹은 어느 소설 읽다가
그 소설 속
버림받은 여자의 울음소리
때때로 이런 것이 사람의 어머니 아니리요
고대 인도아리안 마야 부인만이
성모 마리아만이
어찌 어머니리요
또한 해 진 뒤 어둑밤 다 더듬어도
돌아올 자식 없이도
어찌 어머니 아니리요

서산 할머니

충남 서산군 서산읍 지나
거기 어느 마을 할머니
일흔살에
나이 더 잡수어
막내손자 업고 나갔다 들어와
함께 늙어가는 며느리더러
아나 네 새끼 받아라
나 인제 갈란다

갈란다의 긴 소리 갈란다아아아아아

그러고 나서 방에 들어가
조금 누웠다가
그길로 열반에 드시오니

오 여래이거라
여기 만백성 절하라
원효 따위

태고 보조 따위 말고
여기 절하라
일체의 슬픔 쫓아버리고

서산 땅 느려터진 말이여
눈감은 할머니의 생애
여기 절하라
여기 향 사르옵고
절하라

우리나라 음유시인

지금 나는 음유시인을 잉태하고 있습니다
내 둥근 배를 만져보십시오
어린 음유시인이 놀고 있지 않습니까
얼마 있으면
이놈이 나옵니다
우리나라가 온전한 나라로 되면
이놈이 나와서
우리나라 삼천리 방방곡곡을 다니면서
이 땅을 노래로 시로 울려줍니다
내 둥근 배를 만져보십시오
벌써부터 배 속에서 노래하고 있지 않습니까
나는 이놈이 나와
우리나라를 다닐 때면
나의 시를 그만두겠습니다
그동안 가랑잎 하나도 날리지 못했습니다
이런 참회 이상으로
내 예감은 빛나고 있습니다
그놈이 다니면서 부르는 노래와

때로는 영롱하게
때로는 쉰 목청으로
낭송하는 시의 가락이 들리고 있습니다
내일은 오늘입니다 오늘입니다

휴식

말 달렸던 세월 갔다고 끝나지 않는다
다시 말 달릴 세월이 왔다
하루 벌어
하루 먹고 쉬어라
그대 곁에 철쭉꽃도 피어나리라
한숨은 슬픔이 아니다
한숨 내쉬며 쉴 때
때마침 하늘 속 솔개도 뚝 멈춰 쉬고 있다

진짜배기 휴식일진대 그것은 정신의 절정일 것

제 4 부

이시영·백낙청 정선

밤송이

밤송이 가시 일제히 세워
그 안에 담긴 밤 풋풋이 익어간다
턱! 하니
가을이 왔다
밤 아람 벌어질 때
얼마나 삼가는가
잠자리 따위 얼씬거리지 않고

오로지 하늘이 내려다본다
그 하늘을
어느새 구름이 가려
구름이 내려다본다

아 이 세상의 어느 것 하나 이름 지을 수 없다
함부로 불렀던 이름들이여

하루

저물어가는 것이 얼마나 다행이냐
하루가 저물어
떠나간 사람 생각하는 것이
얼마나 다행이냐

오 하잘것없는 이별이 구원일 줄이야

저녁 어둑발 자옥한데
떠나갔던 사람
이미 왔고
이제부터 신이 오리라
저벅저벅 발소리 없이

신이란 그 모습도 소리도 없어서 아름답구나

안성장 할머니 몇분

안성장 닷새장 서면
할머니들이 여기저기 나와 앉아 계시옵지요
얼굴은 요순시절 그대로인데
그게 아니옵지요
천연덕스러이
논마늘을 밭마늘이라 척 속일 줄 아시옵지요
아침나절에는
벌써 몇접 팔고 나서도
맨 마수걸이라고
한접 떠넘기시옵지요
저녁나절은
떨이다 하고
넘기고 나서
또 한접 받아다가
떨이다 하시옵지요
허허허 일흔 여든 이런 할머니한테
잠깐 속아넘어가는 하루도 있어야 하옵지요
그러고 보니 돌아오는 길

무궁화를 부용꽃으로 잘못 본 바

이것도 오랜 무궁화께서

이 미련한 사내 하나 속이신 것이옵지요

두엄자리 옆에서

아무래도 이 시대는 한번쯤 망하리라
사람이 땡볕 아래
등 허물 벗겨지고
산더미 풀 경운기에 실어
돌아오는 길
내일은 익은 두엄무더기 내야 하거늘
딸자식이나 자식이나
서울로 가서
호텔 아니면 가든에서
옛 얼굴 없이 싸뿐싸뿐 걸어다닌다

어떤 대화

묻는다
이 푸른 하늘은 본래입니까
본래가 아닙니까
대답할밖에
오늘은 빨래나 하자
빨래 마르기에 썩 좋은 날이다
저 아래 개울물이
이따위 수작에 거들어 물소리 낸다
시건방진 것들! 하고
범나방 한마리
그 물소리 듣고 간다
시건방진 것! 하고

어떤 기쁨

지금 내가 생각하고 있는 것은
세계의 어디선가
누가 생각했던 것
울지 마라

지금 내가 생각하고 있는 것은
세계의 어디선가
누가 생각하고 있는 것
울지 마라

지금 내가 생각하고 있는 것은
세계의 어디선가
누가 막 생각하려는 것
울지 마라

얼마나 기쁜 일인가
이 세계에서
이 세계의 어디에서

나는 수많은 나로 이루어졌다
얼마나 기쁜 일인가
나는 수많은 남과 남으로 이루어졌다
울지 마라

꿈

지난 1월 29일 눈 내리는 밤이어서
그 눈의 덕택이었는지
눈 내리는지
안 내리는지
그것도 통 모르는 여관
새벽꿈 가운데서
나는 '광선의 오지'라는 말을 지어냈다
그 말이 뜻하기로는
이 세상의 사물이
가장 잘 보이는 부위인데
그런 부위에서 보노라면
이 세상은
이 세상의 어제 오늘 내일이
한바탕 혼합이므로
그것까지
내 '광선의 오지'로 삼아야 한다고
괜히 큰소리 벌판을 달리다가
그 꿈 깨어버리고 말았다

이렇게 나는 유치원에서 국민학교로 건너가고 있었다

다른 세상이 오고 있다

지금 이 세상의 목숨이 하나씩 멸종되어가고 있다
연두가 어느새 썩은 보라
그러나 이것만이 아니다
우리 각자의 마음 안에서도
무엇인가가
하나씩 멸종되어가고 있다
속속들이 내장을 다 뒤지고 나와
이제 사랑이라는 말 쓰지 말자
사실인즉 멸종되기 직전의 벼랑 끝으로
다른 세상이 오고 있다
이제까지의 그것이 아닌 그것이 아닌

아기의 노래

이 세상에 아기 없으면
이 세상이 아니옵니다
돌아기 아장아장
엉덩방아 찧는 날
그날이 비로소 이 세상이옵니다

이 세상에 아기 없으면
이 세상이 아니옵니다
어린 아기 우는 밤
그 밤이 비로소 이 세상이옵니다

이 세상에 아기 없으면
이 세상이 아니옵니다
무럭무럭 자라나
먼 데 손가락질
그곳이 비로소 이 세상이옵니다

다보여래의 댁

법화경 견보탑품에는 이런 광경이 그려지고 있습니다
이제까지 땅 위의 강가 강 유역을
맨발로 돌아다닌 석가여래가
그만 땅 위의 80년 세월을 작파하고
하늘에 올라
하늘 속의
다보여래 댁을 찾아가
거기 두 여래가 함께 살기 시작하였습니다
어느 때보다 다보여래의 얼굴이 빛났습니다
손님으로 온 석가여래도 함께
얼굴 가득히 빛났습니다
그들은 오순도순 잘 살아가고 있었습니다
어떤 보살은 다보는 과거의 석가이고
석가는 오늘의 다보라고 말하거니와
그러다가 그들은 끝내 하나의 여래였습니다
이 소문이 하늘에도
저 아래 땅 위에도 퍼지자
그동안 석가여래의 분신들이

여러 곳에 흩어져 있다가

그들까지 하늘로 올라와

하나의 여래로 돌아와버렸습니다

한동안 시끌덤벙했던

다보여래의 맥은 이제 아주 고요해졌습니다

그래서 하나의 여래로는 좀 심심했던지

어젯밤은 저 별

오늘 밤은 이 별

또 내일 밤은 저 별하고

별들한테 가서 함께 자고 돌아왔습니다

땅 위의 어느 가난뱅이네 어린아이는

그래서 밤마다

어디서 어디로 가는 별을 바라보았습니다

성철 스님 각령으로부터

한번 산중에 들어올진대
이 육신의 일 마치고
푸른 연기 한 오리일 때까지
이 산중 내려가지 않겠거든
어서 들어오너라

한번 산중에 들어와 앉을진대
십년 세월 따위 수유로 삼아
허리 벼랑져
천길 낭떠러지 거기 앉아 있겠거든
어서 들어오너라

역대 조사 얼쩡거리면
그 조사를 때려죽여버리고
에미가 찾아오거든
돌팔매 던져 쫓아내겠거든
어서 들어오너라

한번 산중에 들어올진대
삼천번 허리 굽혀
땅에 늘어붙고
하늘을 뚫어
일만번 허리 굽혀
십만번 허리 굽혀
그대 생사 에잇! 내치겠거든
어서 들어오너라

당신은 이렇게 소리치는 대장부입니다
성철 대종사
그러나 저 아래 범부들을 아시나요?
성철 대종사

폭포

폭포 앞에서
나는 폭포 소리를 잊어먹었다 하

폭포 소리 복판에서
나는 폭포를 잊어먹었다 하

언제 내가 이토록 열심히
혼자인 적이 있었더냐

오늘 폭포 앞에서
몇십년 만에 나 혼자였다 하

나의 시

1950년대 그 폐허 영년(零年)의 시절
하염없는 떠돌이였던 나에게는
전쟁 이후 여기저기 남겨진 마침표가
뜻밖에도 구원이었습니다
한마디 말끝의 검은 점의 거룩함으로
그뒤에 이어지는 말들이 이따금 반짝였습니다
그래서 나는 나의 시에 마침표를 자꾸 찍고 싶었습니다

1970년대에 들어서면
나의 시는
강물 기슭의 맴도는 물인 듯이
먼 길 앞에서 주저하다가
얼떨결에
강물 한복판으로 나아가 흘러갔습니다
그러는 동안
나의 시에는 마침표가 없어졌습니다
그동안의 구원은 너무 해진 신발처럼 무효였습니다

마침표 없는 시만이
한편의 시로 끝나지 않고
다른 시로
다른 시로 이어졌습니다
어둠속에 숨겨진 불빛 쪼아내어
그것으로 사물과 사물의 배후를 겨우 볼 수 있었습니다

이 세상의 운행은
나의 시 이전에도
이미 단 하나의 마침표 따위도 허락하지 않았습니다
이에 따라
마침표 없는 나의 시야말로
어쩔 수 없이 운행이었습니다
어쩔 수 없는 윤회임을 알았습니다
그것밖에는
모든 지각은 착각이었습니다

그리하여 나의 시가

날마다 떼지어 날아오르는 새떼로
떼지어 내려앉는 새떼로
다른 시인들의 시들이 되는 날들인 것을 꿈꾸었습니다
오 새벽의 푸른빛이란
얼마나 숨찬 찰나의 음역(音域)입니까
그러나 오늘 하루가
수많은 지난날들의 지칠 줄 모르는 강물로 흘러가며
나의 시는 내일도 모레도 마침표가 없습니다

어느 기념비

불멸이란 얼마나 슬픈 것인가
이 세상은 부서지는 세상인 것을
그들은 그를 잊지 말자고
영영 잊지 말자고 비를 세웠다
그들은 그의 이름을
그 비에 새겨 세웠다

바람만이 바람의 영광인가
눈보라로 울부짖으며
끄떡없이 서 있는
그 비에 몇개의 귀를 달아주었다

하지만 그의 이름이
행여 진실보다 더 빛나서는 안된다
기러기의 한밤중 별빛 아래
그의 이름을 읽을 수 없는 것이
얼마나 다행인가

어느덧 모여들었던
그들은 흩어졌고
그들의 가슴에 품은
그 이름이 차츰 희미해졌다

불멸이란 얼마나 슬픈 것인가
장차 그들의 불우한 자손들은
그 이름이
누구인지 모른다
또한 먼 곳에서
이제 막 도착한 사람들도
그 이름이 누구의 이름인지 더욱 모른다

그 비에 새겨진 이름도 차츰 마멸되었다
귀 멀어
천둥소리를 동반한
비바람 소리도 들을 수 없었다

그런 비바람에 쓸 이름이 아니라면
먼바다의
물결에 쓸 이름이 아니라면
어느 산맥과 산맥 사이
누군가가 실컷 죽어 있다가 벌떡 일어서서
외치는 소리의 메아리에 이어질
이름이 아니라면

천년 앞과 뒤
그의 이름은 끝내 불멸이 아니어도 좋아라
그 비는 끝내 그렇게
한 조각 이끼 묻은 돌덩어리였다
차라리 서 있다 못해 땅속에 묻혀야 할

빈손

눈보라 속

아내와 딸과 함께 야트막한 고개 넘어가며

새해 첫날 이른 아침을 보내니

이제까지 너무 많이 가지려 하였구나

빈손이 이렇게 금방 날듯이 새 옷인 양 낯설고 좋을 줄
이야

네개의 날개

백두산 천지에는
네개의 날개로 날아오르는 새가 있습니다
그런 새로 화살처럼 날아올라
온 세상을 화살처럼 떨어지며 내려다보시기 바랍니다

백두산 천지에는
네개의 날개로 내려와
천지의 물 찍어 먹는 새가 있습니다

그 새의 울음소리는
가장 엄혹한 추위 속에서
가장 영롱한 울음소리입니다
놀라워라

아무도 몰래
아무도 몰래
그런 새로 방금 태어났다가 죽은 아이의 혼처럼 내려앉
으며

온 세상 수많은 벙어리들을 향하여
새로운 영롱한 목소리의 노래를 부르시기 바랍니다
그대는

사자

하령에게

바람이 분다
아프리카 탄자니아 마사이 초원
바람이 분다
거기 마른풀 언덕배기
한마리 늙은 수사자가 앉아 있다
바람 따위 불든지 말든지
오직 먼 데 바라보고 있다

그 무엇이 감히 얼씬거리겠느냐
그 위엄과
그 무아가 함께 무르익어
시간은 아주 장렬하게 흘러간다

바람이 분다
이윽고 시뻘건 햇덩이가
마사이 초원 지평선에 닿고 있다
모든 의지들을 불러들일 침묵이라면
차라리 숨 막혀라

그러나 늙은 사자는 바라보고 있을 뿐
그 시야에
지는 햇덩이 들어와도
새삼 눈을 부릅뜰 리 없다
지는 해
피 뿜어대며 지게 한다

지나간 날들의 군림조차
한갓 티끌인 오늘
드넓은 초원 전체에서 일어나는
어느 일도
아랑곳하지 않은 채
오직 먼 데 바라보고 있다

커다란 생애로
먼 데 바라보고 있다
슬픔 하나 없이

슬픔 하나 없이

드디어 사자는 벌떡 일어나
온 세상에 대고
부르짖는 소리일진대
그 소리로
뭇짐승들
뭇 나무와 풀들
그리하여 해 진 뒤의 저녁 가득히

쩡 얼어붙은 외포의 고요일진대
그것은 또 무슨 군더더기이더냐

바람이 분다
사자의 꼬리 쪽에서
하얀 보름달이 두둥실 떠오르고 있다
어디선가
어디선가 벌레 소리가 까마득히 들려오고 있다

멀고 먼 킬리만자로 쪽에선가

귀향

돌아왔다
쓰레기
꽃처럼 피어 있는 곳
여기가 그렇게도 그리웠던 세상

돌아왔다
증오가 덕지덕지
똥처럼 말라붙은 곳
여기가 그렇게도 그리웠던 세상

흐린 하늘에 대고
침 뱉어 저주하는 곳
양아치들이
깡패들이
득실거리며
밤새 소리치는 곳

돌아왔다

녹색 무청 같은 어설픈 몸 팔아
계집들은 깔깔대고
우뚝 선 깃대에
깃발도 휘날릴 줄 모르는 곳
여기가 그렇게도 그리웠던 세상

노래

동남아시아 오지의 라후족 제사 때는
온통 사람들이
제 두 귀를 틀어막고 노래한다
하늘에 바치는 노래공양을
사람이 함부로 들어서는 안되기 때문이었던가
그 애 끓이는 노래는
오직 하늘만이 들어야 하는 노래였던가

그 노래 바친 제사 뒤로
숫제 몇달 동안
라후족의 사내들이나 아낙들
그리고 조무래기들까지도
아무도 노래하지 않으면서
사뭇 고개 숙여 묵은밭을 일구었다

기특한 것은
젖먹이 몇 녀석들도
제 어미를 보채는 일 따위 전혀 없었다

심지어는 밀림의 나무들도
그 속의 짐승들도
몇달 동안은 소리를 내지 않고 지내야 했다

비 오는 절기가 돌아왔던가
그때에야
나무 잎사귀 후두둑
굵은 빗방울 맞아늘일 때에야
누군가가 다물었던 입 열어 가만히 노래하기를

어여 어여 어찌할거나
너를 두고
나만 왔구나
어여 어여 어찌할거나

말

오스트레일리아 원주민 애보리진에게는
그들의 어이없는 대지 위에서
그들의 말이
항상 노래였다

멀리 퍼져가기도 하다가
때로는 들릴 듯 말 듯 하다가

노래로 저만큼 가면
거기 너럭바위가 있고
저만큼 가면
해마다
사람이나 짐승이 빠져 죽는 늪이 있다

그렇게 그들의 노래는
어떤 곳을 가리킨다
또한 그들의 노래는
어떤 때를 용케 가리킨다

잠든 아기가 깨어나 울 때를 가리킨다

그 노래를 거꾸로 부르면
간 곳에서
이제까지 왔던 곳으로 돌아올 수 있다

그렇게 그들의 말은 노래였다
노래야말로
틀림없는 그곳이고
그때였다

온 세상의 말과 등져
오스트레일리아 애보리진
그들의 옛 세상
그들의 말로 돌아가고 싶은 날
혹은 한반도 마한 56국
거기 어떤 마을의 벙어리가 되고 싶은 날

별

저문 강 다리 있어라
건너갈 다리 있어라

강 건너 기다리는 언덕 있어라

산 너머 저녁연기 오르는 마을 있어라
그 마을
기다리는 사람 있어라

하루 일 다하고 기다리는 사람 있어라

하늘에 별 있어라
기다리는 사람의 눈에 별 있어라
별 있어라
별 있어라

서산 가서

충청남도 서산에 가면
말들이 느려터져서 좋아라
참 좋아라
말로 총 쏘아대는 세상인지라

충청남도 서산에 가면
사람이나
돼지우리 돼지나
느려터져서 좋아라
모두 다
빨리빨리 내달리는 세상인지라
거기 아주 천천히
날개 접고 내려앉는 왜가리 좋아라

싸락눈

오직 두 사람의 눈동자뿐이었다 아무것도 없었다
눈이 내렸다
두 사람이 서로 후들후들 떨며 손잡았을 때
누구의 손인 줄도 모르고
처음이었다
두 사람이 서로 마음속에서 캄캄하게 하나였을 때
내 마음인지
누구의 마음인지 모르고

어쩌란 말이냐
처음이었다 눈구더기
서로 껴안고 울음 가득히 쓰러졌을 때
누가 누구인 줄도 몰랐을 때

그런 때가 있었던 사람들이 죽어서
여기 무덤 속에 잠들어 있으므로
이 적막강산의 황홀경
보아라 돌아가는 길 후회 뒤 환하게 환하게 싸락눈이 내

린다
　누구의 것인 줄도 모르는
　싸락눈 그것이었다

춤

북녘 바람 불어닥쳐
나무들
겨울 나무들 온통 춤추는도다
나도 덩달아 춤추는도다
결국에는
하늘도 못 견디겠는지
눈발 어지러이 춤추는도다

굴속 곰까지도
언덕배기 땅속 뱀까지도
긴 잠 잠깐 깨어나
꿈틀꿈틀 세상의 일에 가만히 장단 맞추는도다

가야산

얼씨구 가야산
돈오(頓悟) 이데올로기로다
얼씨구절씨구 가야산 아래에서는
점수(漸修) 이데올로기로다

그러지들 마
게으른 놈은 돈오
서두르는 년에게 점수로다

그도 아니라면
응애응애
태어남이 돈오이고
세월아 네월
사는 것이 점수 아니리

제군들! 무엇 때문에 실컷 속을 줄 몰라?

노래섬

내 고향 앞바다에는
아주 궁금하게
여기저기 섬들이 잠겨 있습니다
그 가운데 자그마하게
노래섬이 잠겨 있습니다

서해 난바다 큰바람이 닥쳐오면
으레 그 섬 둘레에서는
어김없이
노랫소리가 들렸습니다

먼 예로부터
큰바람에 죽은 고기잡이 혼령들이
큰바람 때마다 어김없이 나와
부르는 노래였습니다
며칠이고 밤낮으로 부르는 노래였습니다

그런 노래섬을 바라보며

자라난 나에게도
황공하올 혼령이 늘어붙어
오늘에 이르도록 노래하는 떠돌이가 되었습니다

그동안 간혹 숙연한 세월임에도
어설프게
어설프게만 노래하는 떠돌이가 되었습니다

다시 보면

휘파람이 나오는 것을
가볍다 말자
죽어가는 사람의 입에서
휘파람이 나오는 것 보았다

잔바람 이는 것을
가볍다 말자
잔바람에
누운 비닐 조각 들썩이는 것 보았다

무궁하여라 푸르러라
하늘이라고
오래 지나온 푸른 역사라고
그런 것 속의
아주 작은 짐승들의 터럭을
가볍다 말자
천만근 무거웠다가 그것이었다

어떤 노래

바람이 분다
저절로
너는 풀이고
너는 나무이다

바람이 또 분다
저녁 바다
저질로 파도쳐

우리 모두 무엇이 된다

히말라야 이후

슬픔이 아니었습니다
내 눈을 빼어버리고
다른 눈을 끼워넣고 싶은
시린 날이 있었습니다
히말라야에서 돌아왔습니다
거기에 무엇과 무엇이 있더냐고
어린아이가 물었습니다
나도 어린아이의 높은 목소리가 되고 싶었습니다

샛강

누구는 그냥 샛강이라고 불렀다
누구는 벙어리 강이라고 불렀다
누구는 초승달, 서른개나 묻힌 강이라고 불렀다
누구는 어린 시절
이쁜 정순이 넋 떠내려간 강이라고 불렀다
이름이 많은 강이었다
그리움이 많은 강이었다

어느 노동자

드물고 드문 일이었다
애꾸눈인 그는
벽돌 한 판을 찍어내는 데
30분이 걸렸다
마음에 들지 않으면
몇번인가 다시 찍었다
잠바 입은 사장이 내쫓았다
그는 혼자 벽돌을 찍기 시작하였다
그 벽돌은 잘 팔렸다

드문 일이었다
그는 벽돌 한장 쌓는 데
10분이 걸렸다
쌓은 뒤
몇번인가 고개를 갸우뚱
다시 쌓았다
십장이 내쫓았다
쫓겨간 그는

집 한채를 짓고 죽었다
소원성취
오랫동안 탈나지 않는 집이었다

드문 일이었다
드문 일이었다
그는 못을 박았다
박은 뒤
영영 빠져나오지 않도록 또 박았다
장도리가 아주 흥이 났다
누군가를 진실로 사랑할 수 있었다

너무 거룩하지 않게

원시 경전 아함부에는
폐숙이니 산타나니 하는
그런 이름으로 된
폐숙경 산타나경이 있다
어린 견고가 나오면
견고경이 있다

베트남 메꽁 강 깊숙이 까오다이교 교단에는
난데없이
18세기 프랑스 시인 빅또르 위고가 모셔져 있다
중국의 순얏센도
베트남의 한 시인도 모셔져 있다

멕시코 만의 한 섬 기도원에도
빅또르 위고가 모셔져 있다

그동안 걸핏하면
석가나 공자 예수가 아니라

사람에게 좀더 가까운
술 취한 시인들도 모셔져 있다
너무 거룩하지 않게
너무 거룩하기만 하지 않게

나그네

이 땅에는 나그네가 없어졌다

나그네가 있어
몇해 뒤
다시 오기도 하는
나그네가 있어
이 땅은 뒷동산 다음으로 아름답지 않았던가

저물녘 어둑어둑한 얼굴로
마을에 들어서는
개 짖는 소리에 지친 몸
쭈뼛하는 나그네

고단하건만 흥겨워 적적하던 사람들 모여들어
가난하건만 넉넉한 나그네 맞이
서로 어우러져
늦은 저녁연기 더 길이 피어오르는
이 땅은 더욱 아름답지 않았던가

지난 세월 말고는 오로지 바쁘고 미운 세월이라
어느덧 이 땅에는 사촌이나 육촌 같은 나그네가 없어졌다

다음 골목

돌아가면
다음 골목이 있다
다른 바람이 있다
거기였다
오래 사랑해온 사람들이
겨우 몇 마디 말로 살아 있다
실고치처럼
하얀 빨래가 마르고 있다

이웃집 연기에 어렴풋이 볼우물 지으며
어린 아기가 자라고 있다
비린 향기

거기서 한나절쯤 저쪽
나무 잎새들 저희들끼리 속삭여
비린 향기
하늘에 늦은 낮기러기 지나가고 있다

갑산

태곳적 그대로
단군 적 그대로
한 오천년 전 그대로의 백성이 있다
그 순박한 풍모
산들이
물들이 울타리 되어
지나가는 사람에게 예스러이 예의가 있다
거룩하디거룩한 인기척 있다

여기만치 멀어라
멀 테면
여기만치 멀어
등불도 모르도록 캄캄하여라

갑산이면 생애의 내 조국이다 캄캄하여라

마라도

어떤 도량형에도 의존하고 싶지 않습니다
그 지긋지긋한 저울눈을 건너
여기 마라도에 왔습니다
어디에 무(無)! 이것만큼
새로운 것이 있겠습니까

인기척 없이
아홉가호 중의 하나에
여든여섯살의 할멈이 있었습니다
지난해까지
사나운 파도 자락 밑으로 내려갔습니다
전복과 해삼을 따서
솟아올라 참았던 숨 터뜨렸습니다

물 위의 기우뚱거리는 수평선 어느 쪽엔가
언젠가 죽은 영감
서른살 때 갈치잡이 얼굴이 있었습니다
이제는 하루 내내 앉아서 귀가 멀었습니다

그 정도의 그곳 과거에 이어서
내 서툴기 짝이 없는 시작이 있습니다

갈매기똥이 이마에 떨어졌습니다
갈매기똥의 바위들
한반도 남쪽 끝 마라도는 이런 삶으로 힘껏 혼자였습니다
온갖 시대의 조잡함을 선혀 모르고
완벽한 조각의 무언으로 이렇게 박혀 있었습니다
너이상 무엇이겠습니까
있어야 할
저녁 종소리조차 쓸모없습니다
하물며 새로 올 손님이라니

개마고원

사람이고 싶지 않더라
결코 사람 위의 것이고 싶지 않더라
개마고원
묵은 짐승으로 마루턱 어슬렁 올라서서
오래 개마더기 바라보고 싶어라
삼가 구름 일어나지 못하고
삼가 저 건너
작은 짐승들
찍소리 한 낱도 없이
오로지 들쭉열매 익어가는 동안
추위에 잔 터럭 일어나며
먼 곳
입 다물고 바라보고 싶더라
오늘도
내일도

아 무어라고 지껄이는 자 극형에 처함이여

조치원

남 고자질하는 사람이 없는 들녘
허술한 장사치인들
허술한 나그네인들
먹을 양식 싸가지고 가지 않아도 되는 들녘
떠날 제비 드높이 있고
가을은 왜 그다지도 마음 가득한지
그곳은 경부선 호남선이 지나간다
지나갈 뿐
한번도 그곳에 내려본 적 없이
죄스러워라

조치원역 정년퇴직 앞둔 금테모자 역장이
맨드라미 화단의 플랫폼에 서 있다

평양

오래 스스로 지키기 힘든 위엄을
지켜온 곳
그런 백년이 지나갔다

50년 내내 나라의 심장인 곳
50년 뒤
이곳은 좀더 가벼워야 하리

무거운 바위 무거운 공기에 눌려 있지 않기를
무거운 사명에 갇혀 있지 않기를
이곳에
무거운 신이
여러 신들을 징치하지 않기를
어쩌면 옛 위엄 넘어
신석기시대의 자유
신석기시대의 솜구름 있는 하늘 아래
이 세상에서
가장 아름다운 옛 조상의 도시이기를

50년 뒤
나비가 날아다니는 도시이기를

주을온천 가까이

가루눈 날리는 주을 일대는
오랜만에 편안한 곳이었소
나는 마천령 사냥꾼을 만났소
번쩍 칼 맞은 얼굴 흉터 반달이 한쪽에서 빛났소
들쭉소주 한 그릇에
목이 탁 트였소

부리부리한 눈이 있고
그 밑의 입심이
그의 참된 사연을 풀어놓았소

여진족 시레란 년
시매란 년
시도란 년
세 년과 살아봤소

한방에서
어느 밤은 시레와 시매 한꺼번에

어느 밤은 시매와
어느 밤은 시도와 잤소

무슨 개가죽 같은 시샘도 없소
시앗도 없소
한 년의 감창에
천장 대들보가 어긋나도
다른 년들
죽은 사또처럼 묵묵했소

그런데 말이오
내가 떠날 때
그년들 누구 하나 울지 않았소
괘씸한 년들

슬픔이란 걸 통 모르는 짐승이었소
어쩌다
빙그레 웃는 것밖에는

슬픔이나
속 깊은 아픔 같은 걸
그년들은 몰랐소

떠난 뒤 나는 그년들을 그리워했소
슬픔 따위가
얼마나 거짓 사촌인가를 깨달은 뒤
그년들이야말로 진짜 사람임을 뒤늦게 알았소

주을온천장
김 꽉 찬 탕 안에서
나는 그년들의 이름을 불러댔소
시례야
시매야
시도야
이년들아

나도 범 한마리 때려잡는 대장부지만

그년들의 사내야말로
사흘을 굶고도
끄떡없이 말 위에서 달리는
여진족 사내들이 맞소

시레야 시매야 시도야
나보다 장한 사내에게 너희들의 밤을 원도 없이 한도 없
이 다 주어라
이년들아

마천령 칼 맞은 얼굴은 어느새 코를 골았소
문득 나는 다음 생각을 했소
전주이씨 태조 이성계
그는 혹시 못난 여진족은 아닐까
그러기에 북벌길 돌아선 것이 아닐까
땅속에서는 뜨거운 온천이 용솟음치고 있소

단풍

구원(救援)이란
컴컴한 신념보다 종교보다
별이
꽃이
기어이 가을 단풍이 아주 많이 맡아온 것을 알고 싶다

한반도 북쪽 끝 두만강 상류 무산
첩첩산중
거기 사람은 없고
홍단수
단풍 가득하였다

한달 뒤
강원도 금강산이 온통 단풍이었고
이내 내려와 설악산의 단풍이었다

한달 뒤
호남 내장산 단풍이었다

바다 건너
제주도 한라산 위층은
벌써 빈 나무들이고
아래층은 아직 하루이틀 더 단풍이었다

이렇게 봄꽃 소식 북으로 가고
이렇게 단풍 소식
남으로 남으로 오는데
그동안의 동포들 남과 북에서
수고 많은 날들
그 찬란한 단풍으로
가슴 훤히 구원받아왔으니

이제 더이상 구원받지 않아도 좋아라
그저 단풍이면
어머
어머 소스라쳐 기쁘고
단풍 가면

아이고 어쩌나 안타까워하다가

한밤중 북극성 하나 바라보면
거기 내일이 있어야 한다

서울 현저동 101번지

서울특별시 서대문구 현저동 101번지

서울구치소

요시찰 63번

요시찰 1001번

요시찰 33번

요시찰 50번

취침나팔 소리는 지긋지긋하게 좋았고

기상나팔 소리는 지긋지긋하게 싫었다

교무과 도서 똘스또이 전집 제3권의 오자 56군데였다

콩밥의 콩은 미국 콩이었다

제1심 반대신문이 있는 날은 좋았다

독립문을 지나가고 지나온다

독립문 부근 책방에 진열된 여성잡지 표지

그 여자야말로 숨 막히는 실물이고

구형 15년은 꿈이었다

동해 북부

동해는 예(濊)의 바다보다
옥저(沃沮)의 바다라고 누군가가 말하였다
원산만을 지나 함남 함북의 바다
거기서부터 동해는 진짜 동해라고 말하였다
오호쯔끄 한류가
거기에 함께 온 명태떼를 더 내려보낸다
잡혀도 잡혀도 내려보낸다

잡혀
강원도 오대산 밑 용평 황태덕장 매달려 실컷 얼어
누렇게 누렇게 익어
어떤 타협도 거절한 채
딱딱한 명태 한마리였다
그러기까지 동해 북부
동해 중부가 다 한푼 에누리도 없는 한류로 가득하였다
동해 남부에서도 우렁찬 난류가 올라와
그 한류 속으로 스며들기 위하여
얼마나 많은 바다 소용돌이로 울부짖었더냐

동해 북부의 바다였다
이제 누군가가 말하지 않아도
그렇게 완전무결한 바다였다
아 그 한류와 난류의 만남이야말로 내 생애 아닐 수 없다

압록강

오래전 젊은 날
아무것도 없이 하루가 공짜로 가던 시절이었다
나는 다친 다리로 걷지 못하는 날
그 빈집 곰팡이와 함께
하루를 다 보내며
압록강 같은 서사시를 쓰고 싶었다

조선이 일본에게 다 짓밟혔을 때도
압록강은 흘러갔다
조선을 넘어 만주가 짓밟힐 때도
압록강은 흘러갔다

흘러 흘러
바다를 만들어주고
미련없이 자신은 사라지는 강물이고 싶었다
그 강물의 서사시가 되고 싶었다

그 길고 긴 강기슭 어디에

아름다운 곳이 있어서도 아니었다
더러는 험악하고
더러는 삭막하고
더러는 무덤덤한 풍경이건만
그 나날의 밤낮으로
온갖 일 다 겪으며 흐르는 그것
온갖 생각 다 실어 흐르는 그것

그렇지 않을쏜가
미인만으로 이루어진 세상이란
얼마나 생지옥인가
그것이 아닌
그것이 아닌

압록강의 길고 긴 물기슭은
항상 고단한 삶이 있고
억울한 죽음들이 있다
그런 강의 서사시가 되고 싶었다

나뿐 아니라
이미 나보다 먼저
압록강은 흐른다 아아 하고 누가 노래하였다
그의 머리말을 뒤이어 내가
압록강 같은 서사시를 쓰고 싶었다

북청 사자춤

아프리카 마사이 초원 언덕
한나절 내내
먼 데 바라보고 있는 사자인 적 있는가
그대

어찌어찌하여
그 존엄스러운 사자가
사람의 마음속에 새겨져
바다 건너
고대 서부인도 간다라 지나
서녘 오아시스 지나
장안 지나
동북아시아 고려에 이르러

고려 북관 북청에 이르러
덩실덩실
뒤뚱뒤뚱 사자춤으로 태어났으니
그대 행로

그대 행로 아득히 여기에 이르러
북청 사자춤

그것으로 모자라
슬쩍 딴살림 차리니
황해도 봉산 사자탈춤
저 아래 동경 경주 사자춤

아니 고려 국토 마을마다
삼재팔난 다 쫓아내고
한집안 오상서 불러들이는 춤판이니

천년 전 아프리카와 고려가 이렇게 아득히 하나였으니
모르겠다
모르겠다
오늘 밤 화톳불 울긋불긋
북청 사자탈춤이면 된다

북청 청년이면 된다
북청 영감 소주 한되면 된다
북청 아낙과 처녀들
북청 어린이들
모두 어우러져 한판 춤이면 된다
온 마을 북청 사자탈춤

백령도

서해 백령도에서는
바다 건너
중국 산동성 청도 어장에서
고기값 흥정하는 소리를 들어서
바다 건너
한국 인천 연안부두에 전해준다

또한 북한의 남포
남한 인천의 고철값을 알아다가
산동성 주물공단에 전해준다

2천년 내내
그런 일을 해오느라
섬의 바위들은 큰 키로 귀를 쫑긋쫑긋하고 서 있다
그런가 하면
저 아래 강남에서 몰려오는
태풍이나
태풍에 앞서 몰려오는

바닷속 조기떼를 맞아들여
한번 쉬게 했다가 보내느라 온몸을 벼랑져 세우고 있다
이곳 사랑에는 이별이 많았다 오고 가느라고
아픈 밤이 많았다

단군릉

가난한 역사이고 싶습니다
거룩한 것
그런 것 없는 역사이고 싶습니다
저녁연기 나는 마을과
이웃 마을들의 이야기이고 싶습니다
달밤 다듬이 소리면 아주 그만이겠습니다

단군께서 계신 역사
왠지 무겁기만 합니다 납덩이이기만 합니다
널리 사람을 이롭게 하고
널리 누리와 나라를 이롭게 하고
널리 억조창생을 이롭게 하는 일이야
어찌 바라는 바이 아니겠습니까
그러나

큰 역사보다 심신 낮춰
가난한 역사이고 싶습니다
너무 강한 것

그런 것을 겨루는 역사 아니고 싶습니다
쓸어놓은 길
손님을 먼저 보내는 길이고 싶습니다

그 손님이 나에게 물었습니다
단군께서는
백두산 밑 신시에 계셨나요?
거기 도무지 사람 견딜 수 없는 곳에 계셨나요?
그러다가
평양 교외 계셨나요?
그러다가
구월산에 계셨나요?
또 그러다가
서해안 강화 마니산에 와 계셨나요?
아니 태백산 줄기 태백산에 계셨나요?

왜 제주도에는
제주도 가기 전 추자도 뒷산에는

안 계셨나요?

단군 그이는 누구셨나요? 씨비리에서 오신 우렁찬 당골
아니셨나요?

나는 무슨 대답은커녕 그 손님 그냥 보내고 말았습니다
신화는 신화대로
전설대로 그대로 있어도 좋습니다
오로지 가난한 역사로 가비얍게 날개쳐
무중력 춤 그 아스라한 데까지 춤추며 솟아올라 놀고 싶
습니다

상그리라

모순처럼
대 히말라야 산맥 어느 골짜기에 있어야 한다
도저히 살 수 없는 곳
그런 곳 어디
사람들의 낙원이 숨겨져 있어야 한다

혹한 영하 50도
그런 곳 어디
언제나 늦은 봄날 같은 낙원
꽃과 처녀들
보석과 우직한 사내들의 낙원이 있어야 한다

상그리라
그곳이 있어야 한다
내 좋은 친구들이 간 곳
그곳이 있어야 한다

　상그리라 너는 한 천년쯤 이곳의 새된 유혹으로 있어야
한다

히말라야 기슭

저 산
저 산의 오랜 만년설
혹은 이제 막 쌓인 눈 일부분이
제 몸을 허락하는 여자처럼
누누이 녹아주는 숨찬 시간을 알아주어야 한다
오후 3시 무렵

그 녹은 물이 한꺼번에 몰려오는
오후 5시 무렵

때마침 가로막은 강물 속에서
벗어나지 못한다면
이대로 떠내려가도 좋다고
거기 그대로 가만히 멈춰 있어라

강 건너
또 강이 있다
돌멩이를 던져

강물 깊이를 알 뿐이다
저 위쪽에서 죽은 목동과 양 두마리가 떠내려왔다
언제나 언제까지나
죽음이란 아무런 일도 아니었다
살아 있는 동안
오직 속속들이 추웠다
나 하나가 열개로 스무개로
다 같이 오도 가도 못하는 것들이었다
죽어
장사 지내는 일은
여기에 없다

놀랍게도 탁 트인 하늘 속에서
웬 빗방울 하나 내 이마에 왔다

술

이름 두어개면 이 세상 살기에 충분한가
어린 시절의 이름
퇴빠가였다
집 떠나
미라래빠었다

깨달은 자 미라래빠에게는
술이 진리의 비유였다
멋져!
멋져!

진리의 속 빚어 넣으면
어느새 술이 되어
옛사람들에게 뭉클하게 바칠 술이었다
만다라 신들이 함께 손뼉 치며 기뻐하는 술이었다
깊숙이 명상 속에서 나온 사람들
한모금 적시는 감로의 물이었다
모두 다 진리에 취해

마침내 벌렁벌렁 팔 내저으며 춤판이었다
멋져!

고도 4천3백 미터쯤의 마을

갑자기 비가 퍼붓는다
걸어가는 사람은
그대로 걸어간다
업힌 아기도 그대로 비를 맞는다
다 젖어버린다

날씨예보 따위가 없다
날씨 알아맞히는 할머니도 쓸데없다
벌레들도
비가 오면 맞고
비가 그치면 젖은 데를 슬슬 움직인다
미리 찌르르찌르르 알아맞히는 일도
내버린 지 오래였다

통쾌하여라 지혜 무효

티베트 다르첸
마지못해 하나의 거리 이루어진 곳

천년 전부터 우산이 없다
그대로 비 맞으며 걸어간다
비가 그친 뒤 입은 옷이 천천히 마른다
내가 물었다
라싸를 아느냐고
라싸에 가보았느냐고
그가 대답했다
모른다

모르는 행복 모르는 해탈 모르는 하루하루였다

황야

고도 5천 미터 황야
아비도
어미도 모르고
오직
나 하나

녹색 전무였다

녹색이란
지난날 내가 본 녹색의 기억이었다

사나운 짐승들아 달려오라
달려와
내 지친 몸뚱어리 물어뜯어라
뜯어먹어라

그 집단 공포와 고통 뒤에
홀 평화와

황야는 둘이 아니었다
절망은 절망의 꿀

달라이 라마 동생

두살 때 죽었다
슬픔도 어정쩡했다

점성술사가 말했다
묻지 말고
그대로 두어라
다시 환생하리니 두어라

죽은 아기 몸에 버터 얼룩을 남겼다

다음해 태어난 어느 아기의 몸에
그 얼룩이 그대로 있었다

달라이 라마 14세의 어린 동생이
이제는 다른 사람의 아들로 무럭무럭 자라났다
그 집 양떼가 세 배나 불어났다

어린 목동이 양떼를 잘 몰았다

양젖도 잘 짰다
전생의 형은
다람살라 아니면 뉴욕에서 날리고 있고
그는 티베트 창두 자치구 광야에 이름없이 살고 있다
올해 62세인가 63세인가
나이도 잊어먹었다

동부 히말라야

마카로 8,475미터
로체 8,501미터
초모랑마 8,848미터
누푸체 7,879미터
갸충카 7,922미터
초오유 8,153미터

이것들을 에베레스트 호텔 토담집에서 보았다

하룻밤 쉬었다가
딩구리
루풍 사원
열두명 소년승의 머리를 쓰다듬어주고
가지고 간
달라이 라마 사진을 주었다

숨찬 빵라 고개
거기서 겹겹 산줄기 넘어

하늘 속 흰 산들이 또 이어져 있었다
7천 미터 이상 40 봉우리 말고 또 이어져 있었다
내려가자
내려가
올라가는 것은 도저히 진리가 아니다

살 만한 세상

창탕 고원은 전혀 황무지가 아니었습니다
살 만한 세상이었습니다
꼬리 없는 쥐가
갓 난 싯다르타처럼
갓 난 야쇼다라처럼 예뻤습니다
잘도 제 구멍 속으로 들어가 나오지 않았습니다

저쪽 들둔덕
잔나비 식구들

야크
치루
영양

공중 심심풀이 까마귀 어엿이 날아갔습니다
독수리
공중 한곳에 멈춰 있었습니다

꽃들이 풀들이 깔깔댔습니다
저 공중 써커스 독수리 보라구
어럽쇼 제가 무슨 바위라고
끄떡없이 멈춰 있네
그렇게 깔깔대고 있었습니다

설산학(雪山鶴)

설산 북쪽 어느 고원에는
몸집 작은 학들이 살고 있습니다
날아다니는 일도 별로 없고
먹는 일도 별로 없습니다

때가 왔습니다
그것을 누구보다 잘 아는 그네들입니다

며칠씩 굶어
더 가벼운 몸집이 되고
숨도 아끼고 아껴 아주 느리게 내쉬었습니다

이윽고 하늘 속으로 혼백처럼 솟아올라
설산 상공의 기류에 몸을 실었습니다
두둥실두둥실 떠내려갔습니다
그렇게 설산 넘어
북인도 비하르 주의 초원에 내려앉았습니다
전생의 세상이었고
금생의 세상이었습니다

아기

티베트 동부 탕고우저 산맥
난짜빠와싼 봉
누가 그 높이를 재어
7천7백56미터라 했다

그 봉우리에서
산 넘고
산 넘어
한 마을 치눅 마을
열두가호 오두막 마을

그 마을 내려다보는 갈색 산비탈
누더기 천막이 있다
옛날 이름 츠린앙모
지금은 이름도 필요 없는 아낙이다
천막 밖에서 밀가루 반죽하는 아낙이다

배가 아프기 시작했다

그러고 보니 만삭의 아낙이다
이제 낳고 와야지
하며
반죽하다 말고
아낙은 천막 안 한구석으로 들어갔다
천자락을 대강 가렸다
얼마 안되어
아기를 낳았다
천막 손잡이에 매달려
서서 낳았다
쏘옥 낳았다

아기는 벌써 바구니 속에 놓여 있다
첫 울음소리를 냈다

그뒤 아낙은 나와
하던 밀가루 반죽이
좀 굳어진 것을 탓하며 물을 보탰다

닭이 달걀을 낳듯
말이 되직한 똥을 싸듯
하늘은 끔벅이는 눈으로 지독하게 푸르렀다
아기 이름은 일년 뒤쯤
흔하디흔한 텐진이었다
할아버지의 이름이었다

순간의 꽃

누우면 끝장이다
앓는 짐승이
필사적으로
서 있는 하루

오늘도 이 세상의 그런 하루였단다 숙아

*

소쩍새가 온몸으로 우는 동안
별들도 온몸으로 빛나고 있다
이런 세상에 내가 버젓이 누워 잠을 청한다

*

여보 나 왔소
모진 겨울 다 갔소

아내 무덤이 조용히 웃는다

*

내려갈 때 보았네
올라갈 때 보지 못한
그 꽃

*

급한 물에 떠내려가다가
닿은 곳에서
싹 틔우는 땅버들 씨앗

이렇게 시작해보거라

*

강과 바다 오가며
사는 것들
너희들이 진짜 공부꾼이다
뱀장어야
참게야

*

온종일 장맛비 맞는 거미줄
너에게도 큰 시련이 있구나

*

개미 행렬이
길을 가로질러 가는 것은
결코
이 세상이
사람만의 것이 아님을

오늘도
내일도
또 내일도
조금씩 조금씩 깨닫게 하는 것인지 몰라

햇볕이 숯불처럼 뜨거운 한낮 뻐꾸기 소리 그쳤다

*

걸어가는 사람이 제일 아름답더라
누구와 만나
함께 걸어가는 사람이 제일 아름답더라
솜구름 널린 하늘이더라

숲의 노래

친구와 헤어졌다 멀어져가는 그의 잔기침 소리를 등져
나는 허구들을 두고 숲으로 갔다 11월이다
숲은 어떤 모독도 알지 못한다
누가 애타게 기다리지 않아도
마치 오래 기다림이 쌓여 있는 듯
몇달 뒤면 돋아날
새 눈엽들의 수런대는 꿈마저
다 받아들여
여기저기 가슴 두근거리고 있다
빈 숲의 행운 속에 나는 맥박치며 그렇게 살아 있다

나는 하고많은 미련이 좋았다
마을로 간 친구 쪽을
한두번 더 돌아다본 뒤
벌써 어둑어둑한 숲 안으로 들어섰다
아무런 명예도 없이
길은 누구의 길인지 몰랐다
이제 무엇이 두려우랴

오히려
숲은 뜻밖의 가난뱅이 손님 하나 때문에
빈 가지들 어둠속에서 눈 떠
어리둥절하게 바람 인다
다른 곳에서는 내내 불던 바람 잘 때였다

명사보다 형용사가 훨씬 많은 나라에 태어나
나는 하나하나의 이름보다 먼저
하나하나의 슬픔으로 져버린
온갖 나무들의 낙엽에 덮인
말 없는 흙에도 닿아 있고 싶었다
발 디딜 때마다
내 발바닥이 작은 꽃들이 핀 듯 찬란하였다

청동기의 때가 흘러갔다
바람의 끝자락이 남아 있고
나중에 올 다른 바람의 예감으로
빈 우듬지들의 수없는 떨림을

이제 나는 볼 수 없다
너무 처절하고자 하였고
너무 황홀하고자 하였다
세상은 가도 가도 오류가 판치더라
그동안 찾아다녔던 정답에의 허욕을
여기 와서 살포시 놓아주었다

빈 숲은 놀랍게도 순정의 전당이어서
늦게 돌아온 새들의 날갯짓 소리가 났다
또한 숲은 가진 것들이라고는 다 주어버려
텅 비어서
누대의 짐승들이 다른 짐승으로 태어난 유적지임을 알려
주었다

더 깊숙이 들어갈까 망설였다
밤은 한낮의 거짓들 스스로 물러난 진실의 시간이고 싶
으리라
헤어진 친구는 아닐 터이고

여기 먼저 온 사람이
나 말고 누구일까
모르겠다
모르겠다
처음 들어보는 노래가 저쪽에서 들려오고 있다
어쩌면 내생(來生)의 내 노래인지 몰라 온몸 일어섰다

가지 마라
더 가지 마라라고
내가 나에게 속삭여 경계하였다

그러다가
허구를 사랑하라 복이 있나니라고
내가 나를 유인하고 말았다
더 가라

광장 이후

지금 가랑비가 내리고 있다
광장의 이데올로기는 끝났다
흩어진 지 오래
그해 120만명의 사람 하나하나는
저마다
집으로 돌아갔다
흩어진 지 오래
저마다 돌아가
혼자인 누에집에 들어가 있다

사랑하는 싸이버 속에 들어가버렸다

어느날 밤
누군가가 뛰쳐나와 소리쳤다

아 독재가 있어야겠다
쿠데타가 있어야겠다

그래야

우리 무덤 속 백골들

분노의 동정(童貞)으로 뛰쳐나오리라

하루 열두번의 잠 때려치우고 누에집 뛰쳐나오리라

그래야 텅 빈 광장에 밀물의 짐승들 차오르리라

지금 가랑비가 내리고 있다

아무도 미쳐버리지 않는데

가랑비가 내리고 차들이 가다가 막혀 있다

그러나 옛 친구들이여 기억하라

이 광장이 우리들의 시작이었다 언제나

봄날은 간다

이렇게 다 주어버려라
꽃들 지고 있다

이렇게 다 놓아버려라
저녁 바다 썰물 아무도 붙들지 않는다

바다 층층
해파리
쥐치
감성돔
멍게
우럭
광어 농어
새꼬시
외할머니 부채 같은 가자미
그 아래층 말미잘의 삶이 있다
삶이란 누누이 어느 죽음의 다음이라고
말할 나위도 없이

지상에 더 많은 죄 지어야겠다 봄날은 간다

죽은 시인들과의 시간

우리는 우주의 한 지방에 있다
어느 때는 광야였고
어느 때는 자궁인 곳
지금 우리는
하나하나의 살아 있는 시인만이 아니다
이곳에서
우리는 살아 있는 시인과
다른 무엇으로 된
낯선 오지이다

어떤 소리도 소멸의 경계를 넘지 않는다
어느 때는 몸이 무겁고
어느 때는 몸이 마음보다 가볍다
죽은 시인들의 영혼이
우리 각자의 몸속에 들어와
지친 날개를 접고 깃들인다
나는 나 이상이다
너는 너 이상이다

우리는 우주의 방언으로 노래하고
죽은 시인의 새로운 모국어로 노래한다
시작은 혼자였으나
그뒤로는 내내 함께였다

거대한 파도기둥이 치솟으며 소용돌이치다가
다음날 아침 가라앉을 때
그동안 숨어버렸던 갈매기가
공포 뒤에 나타나
더이상 벌벌 떨지 않고
가장 세련된 위(圓)을 그리며 날아오를 때
그는 죽었다
누군가가 그를 시인이라고 수군거렸다

하루가 느리게 진화되는 내장처럼 길었고
또 하루가 막 태어난 갈매기 새끼의 날개처럼 짧다
죽은 시인의 남은 생애가
우리 각자의 난생설화의 생애 가운데 자리 잡았기 때문

이다

고도 5천 미터 평원 위 상공이다
바짝 마른 티베트 갈매기가 날고 있다
아주아주 옛날
한 대륙이 달려와 부딪쳤을 때
그때까지 찬란한 해안이던 그 일대가 미쳐 날뛰어
히말라야가 되어버렸다
갈매기는 바다를 잃어버렸다
마구 소리쳤다
갈매기 2세 12세 혹은 1302세……
다음이 있다
다음이 있다
그 소리들은 마침내 노래가 되고 시가 되었다

그리하여 우리는
하나하나의 살아 있는 시인이었다
또한 하나하나의 살아 있는 시인만이 아니라

이 세상과 이 세상 이후에도 하나로부터
셋이고 일곱이고 열하나이지 않으면 안된다
우리가 오고
우리가 가는 시간의 관능이 우리이다
지금 누구를 위한 추도는
누군가가
우리 하나하나를 추도할 때와 함께이다
우리가 이곳에서 만나는 일은
이곳 이외의 여러 곳에
수많은 이별의 풍경들을 남기는 일이다

여기다
우리들의 오지에 호수가 있다
눈 감기 전과
눈 감은 뒤의 수면(水面)에
하얀 수련꽃이 떠 있다
누구를 위한 만가(挽歌)를 써보지 않은 시인은 불행하다
우리는 그런 불행을 지고

이따금 새로운 만가를 써야 한다
그것은 연가(戀歌)의 다른 이름이다, 꽃이다
아 슬픔이 필요하다
호수는 그 자신의 태곳적 바다 한복판을 기억한다

두고 온 시

그럴 수 있다면 정녕 그럴 수만 있다면
갓난아기로 돌아가
어머니의 자궁 속으로부터
다시 시작하고 싶을 때가 왜 없으리
삶은 저 혼자서
늘 다음의 파도 소리를 들어야 한다

그렇다고 가던 길 돌아서지 말아야겠지
그동안 떠돈 세월의 조각들
여기저기
빨래처럼 펄러이누나

가난할 때는 눈물마저 모자랐다

어느 밤은
사위어가는 화톳불에 추운 등 쪼이다가
허허롭게 돌아서서 가슴 쪼였다
또 어느 밤은

그저 어둠속 온몸 다 얼어들며 덜덜덜 떨었다

수많은 내일들 오늘이 될 때마다
나는 곧잘 뒷자리의 손님이었다
저물녘 산들은 첩첩하고
가야 할 길
온 길보다 아득하더라

바람 불더라
바람 불더라

슬픔은 끝까지 팔고 사는 것이 아닐진대
저만치
등불 하나
그렇게 슬퍼하라

두고 온 것 무엇이 있으리요만
무엇인가

두고 온 듯
머물던 자리를 어서어서 털고 일어선다
물안개 걷히는 서해안 태안반도 끄트머리쯤인가

그것이 어느 시절 울부짖었던 넋인가 시인가

인사동

인사동에 가면 오랜 친구가 있더라
얼마 만인가
성만 불러도
이름만 불러도 반갑더라
무슨 잔치같이 날마다 차일을 치겠는가
무슨 잔치같이
팔목에
으리으리한 팔찌 끼고 오겠는가
빈손이
오로지 빈손을 잡고
그냥 좋기만 하더라

험한 세상 피멍 들며 살아왔다
조금은 잘못 살았다
너는 내달리기만 하였고
나는 풀잎 하나에도 무정하였다
인사동에 오면
그런 날들 가슴에 묻어

고향 같은 골목들 그냥 좋기만 하더라

어찌 15년 20년 친구뿐이겠는가
인사동에 오면
추운 날 하얀 입김 서러워
모르는 얼굴들
어느새 정다운 얼굴이더라

인사동에 가면
한잔 술 주고받을
친구가 있더라
서로 나눌 지난날이 있더라
얼마 만인가
얼마 만인가
밤 이슥히 손 흔들어
헤어질 친구가 있더라

오늘 밤은 아직 내일이 아니더라

성만 불러도
이름만 불러도
반가운 친구가 있더라
인사동에 가면

사과꽃

있어야 할 날들이었다
하루가 가고
하루가 가고
이 누리 앞과 뒤
그렇게 있어야 할 날들이었다
한밤중 주린 배로 가는 길
꺼져가는 불빛 하나씩
나눠 가졌다
무엇이고 살아남은 자의 것이었다
가책도
죽은 자에 대한 기억도
개 같은 의무들도

전체도
개인도 그다음은 똑같이 지옥의 길 아니고 무엇이었던가

그러나 있어야 할 날들이었다
긴 밤 지나

대낮은 얼마나 허망한가
사과밭이다

사과꽃이 피었다
참으로 먼 데까지 왔다
9만마리 10만마리 되새떼가
커다란 벙어리 덩어리로 날아올라
무수한 이단으로 뒤집혀 회오리쳤다
그러자마자
지난날 항쟁의 밤같이 박수 소리가 살아났다 온통 하얗다

진리 이후에는 다른 진리가 있다
사과꽃에 너무 사로잡히지 말라
천년의 관습
천년의 확신
천년 이상의 지루한 시간이 네 적이다

누가 미래를 다 차지하려고 노래하는가

사과꽃이 일제히

바람에 날리고 있다

아 그렇게도 꿈꾸던 자유는 낙화였구나

활짝 열려

열리자마자 쾅! 닫혀

흩어진 자의 꽉 찬 고독들

저물어버린 하늘 속에서 떨고 있다

이 세상에는 더 많은 미지의 암흑이 있어야 한다

밤이 도둑처럼 왔다

별빛 아래

저쪽까지 밤새도록 사과밭이다

사과꽃 졌다
사과꽃 졌다

카리브 바다에서

벌거숭이 산등성이 같은 다른 나라들의 고통을 모르는
구두쇠로
내 나라의 갖가지 고통만을
큰소리로 떠벌려왔다

한국통사
뜻으로 본 한국역사
이런 책들의 뚜껑을 덮고 떠나왔다

남아메리카 콜롬비아 카르타헤나
적도 부근
나 혼자 세상 멀리 면목이 없다

세상은 갈수록 팍팍하다
여기는 누구나 죽으면 바로 물컹물컹 썩어버리는 곳이다

그토록 오랜 동무였던
수평선은 거짓이다

모든 태풍
모든 태풍 이전의 미풍
모든 것을 가진 일망무제의 파도 앞에서
나는 가방을 쌌다

공던지기

방학 중의 딸과 함께 공던지기를 했다
서투른 것이 사랑이었다
좀 세게 던져주면
잘 튀는 공이
딸의 키를 넘어갔다
딸의 공이 와서 튀면
내 키도 넘어 저만치 떨어졌다
깔깔깔 딸의 웃음이
단풍나무 잎새들을 떨어뜨렸다 늦가을이었다

나도 세게 던진 뒤 땀을 훑어내면서
하늘을 보았다

비행운(飛行雲) 하나도 없다
하늘에는 어떤 왕조도 없다
텅 빈 저승
거기에 공을 잘못 던졌다 딸이 깔깔 웃었다

알혼 섬

느린 갈매기
느린 소

느린 아이 둘

<hr>

*알혼 섬: 바이칼 호수에 있는 섬.

쇠스랑

씻은 쇠스랑이 빛났다
돌려주러 갔다
안골 첫머리 집 앞을
조심스레 지나갔다
그 집 주인은 순하건만
개는 사나웠다
웬일로 개가 없다

아니
이 집
저 집
사람들도 없었다

들녘을 돌아다보았다
비어 있다

모두 다
예식장에라도 몰려갔나

예식장은 웅성댈 것이고
여기는 적막하다
송아지가 어미 옆에서 울었다

안골 지나 정잣말에 이르렀다

작게
작게
풀섶 사이
가까스로 물소리가 났다

송사리도 없이
작은 개울물이 어디로 가고 있다

빈집에 연장을 두고 돌아섰다

그때 엉뚱한 교회 확성기에서 찬송가가 들려왔다 전혀
필요 없다

호언장담하고 돌아오며

경부고속도로 천안 지났다

분홍 돼지가
길바닥에 떨어져 죽어 있었다

몇해 전
경부고속도로 추풍령 이전이었다
분홍 돼지가
떨어져 죽어 고요했다
속도위반의 차들이 질주하고 있었다

또 몇해 전
경부고속도로 미호천 부근
죽으러 가던 분홍 돼지가
어쩌다 차에서 떨어져 미리 죽어 있었다

최근 강원도 철원의 한 농장 밖에서
돼지콜레라에 걸려
죽은 돼지 108마리를 파묻었다

이어서
나머지 246마리도
산 채로 웅덩이에 몰아넣어 묻어버렸다

밤마다 붉은 십자가들이 호언장담이었다
천당이 가까웠노라고
나도 덩달아 수원 남문 밖에서
분홍 돼지 삼겹살 안주 앞에서
소주잔
거푸 받으며 호언장담이었다
흉흉한 밤의 프리드리히 빌헬름 니체였다

돌아오는 길
몇억만마리 죽은 돼지 디오니소스들이
오늘 밤의 꽉 찬 어둠인 것을 뒤늦게 알았다
지혜는 후회이다
모든 종교 가라
분홍 돼지의 무덤만 남고 다 가라

아기의 노래

쌍계사 벚꽃 지다
이렇게 세상을 시작한다

내장사 단풍 지다
이렇게 세상을 마친다

겨울이 와야겠다

그래야 긴 겨울잠 자다
어둠속
아기 낳으리라

한탄강 저문 날
젖먹이 울음소리
이렇게 세상을 또 시작한다

시

어느날은
손님인가 하였습니다

어느날은
주인인가 하였습니다

이런 세월
굴뚝들
저마다 피워올릴 연기를 꿈꾸었습니다

오늘도 모르겠습니다 시가 누구인지

모방

휘트먼이
과거! 과거! 과거!
라고 노래한다

나는
미래! 미래! 미래!
라고 노래한다

여름날 산길 꿀풀꽃마다
벌들이 엉겨
누가 와도 모른다

너희들은
현재!
현재!
현재!
라고 잉잉거린다

서해안 개펄은 썰물로 게으르고

개펄 게들은 바쁘다

그동안 우리는 모방을 버젓이 창조라고 외쳤다 면목 없다

일인칭은 슬프다

슬프다 깨달음은 어느새 모순이 된다
지난 세기 초
혁명 뒤 소비에트 시인들은
'우리들'이라고만 말하기로 했다
'우리들'이라고만
시인 자신을 부르기로 했다
황홀했다
그 결정은
폭설 때문에
거리에 나가지 못한 채
방 안에 서성거릴 때도 유효했다
저 혼자
'우리들……'이라고 맹세했다
거울 저쪽에서
'나'는 어디론가 사라졌다
어느 화창한 날
뛰쳐나온 마야꼽스끼도
'우리들'이라고 외치고 다녔다

그는 거리의 시인이었다
어디에도 '나'는 허용되지 않았다
'나'는 죄악이었다
'우리들'
'우리들……'
오직 그것만이 주문(呪文)의 권력이 되었다

차츰 하늘의 저기압이 눌러댔다
여름꽃들 누누이 짓밟혔다
혁명은
혁명을 먹었다
모든 아이들의 공에서 바람이 빠져갔다
'우리들'도
팽팽한 대기 속에서
바람이 빠졌다

누가 대담하게
'나는 사랑한다'라고 썼으나

아직
'우리들은 사랑한다'라고 읽는 습관이 남아 있었다
겨울 눈이 다 녹지 않았다
봄은 늘 불안하다

지난 세기 말
소비에트가 죽었다
바르샤바조약 국가들이
하나하나 떨어져나갔다

그 이래
시인들에게 온통 '나'뿐이다
'나'로 시작해서
'나'로 하루가 저물었다
'나' 이외에는
아무것도 없다
신도 '나'의 다른 이름이었다

오늘 환태평양

'우리'와 '나'의 유령들을 무한한 파도에 묻는다

누가 태어날 것인가

'우리'도 아닌

'나'도 아닌 누가 태어날 것인가

파도는 파도의 무덤이고 파도의 자궁이다

대동강 앞에 서서

무엇하러 여기 왔는가
잠 못 이룬 밤 지새우고
아침 대동강 강물은
어제였고
오늘이고
또 내일의 푸른 물결이리라
때가 이렇게 오고 있다
변화의 때가 그 누구도
가로막을 수 없는 길로 오고 있다
변화야말로 진리이다

무엇하러 여기 강물 앞에 와 있는가
울음같이 떨리는 몸 하나로 서서
저 건너 동평양 문수리벌을 바라본다
그래야 한다
갈라진 두 민족이
하나의 민족이 되면
뼛속까지 하나의 삶이 되면

나는 더이상 민족을 노래하지 않으리라
더이상 민족을 이야기하지 않으리라
그런 것 깡그리 잊어버리고 아득히 구천을 떠돌리라
그때까지는
그때까지는
나는 흉흉히 거지가 되어서도 뭣이 되어도
어쩔 수 없이 민족의 기호이다
그때까지는
시퍼렇게 살아날 민족의 엄연한 씨앗이리라

오늘 아침 평양 대동강가에 있다
옛 시인 강물을 이별로 노래했건만
오늘 나는 강 건너 바라보며
두고 온 한강의 날들을 오롯이 생각한다
서해 난바다 거기
전혀 다른 하나의 바닷물이 되는
두 강물의 힘찬 만남을 생각한다

해가 솟아오른다
찢어진 두 동강 땅의 밤 헤치고
신새벽 어둠 뚫고
동트는 아픔으로
이윽고 저 건너 불끈 솟아오른
가멸찬 부챗살 햇살 찬란하게 퍼져간다

무엇하러 여기 와 있는가
지난 세월
우리는 서로 다른 세상을 살아왔다
다른 이념과 다른 신념이었고
서로 다른 노래 부르며
나누어졌고 싸웠다
그 시절 삼백만의 사람들이 죽어야 했다
그 시절 강산의 모든 곳 초토였고
수많은 도시들은 폐허가 되어
밤새도록 귀뚜라미 소리가 차지하고 있었다

싸우던 전선이 그대로 휴전선이었다
총구멍 맞댄 철책이
서로 적과 적으로 담이 되고
울이 되어
그 울안의 하루하루 길들여져갔다
그리하여 둘이 둘인 줄도 몰랐다
절반인 줄도 몰랐다
둘은 셋으로 넷으로 더 나누어지는 줄도 몰라야 했다
아 장벽의 세월 술은 다디달더라

그러나 이대로 시멘트로 굳어버릴 수 없다
이대로 멈춰
시대의 뒷전을 헤맬 수 없다
우리는 오랫동안 하나였다
천년 조국
하나의 말로 말하였다
사랑을 말하고 슬픔을 말하였다
하나의 심정이었고

어리석음까지도 하나의 지혜였다
지난 세월 분단 반세기는 골짜기일 것
그 골짜기 메워버려
하나의 조국이 멀리서 오고 있다

무엇하러 여기 와 있는가
아침 대동강 강물에는
어제가 흘러갔고
오늘이 흘러가고
내일이 흘러가리라
그동안 서로 다른 것 분명할진대
먼저 같은 것을 찾아내는 만남이어야 한다
큰 역사 마당 한가운데
작은 다른 것들을 달래는 만남의 정성이어야 한다
얼마나 끊어진 목숨의 해방이었더냐
흩어진 목숨 떠도는 원혼의 자취였더냐

무엇하러 여기 와 있는가

우리가 이루어야 할
하나의 민족이란
지난날로 돌아가는 것이 아니라
지난날의 온갖 오류
모든 야만
모든 치욕을 다 파묻고
새로운 민족의 세상을 우르르 모여 세우는 것이다
그리하여 통일은 재통일이 아니고
새로운 통일인 것
통일은 이전이 아니라
이후의 새로운 창조이지 않으면 안된다

무엇하러 여기 와 있는가
무엇하러 여기 왔다 돌아가는가
민족에게는 내일이 있다
아침 대동강가에 서서
나와 자손대대의 내일을 바라본다
아 이 만남이야말로

이 만남을 위한
우리 현대사 백년 최고의 얼굴이 아니냐
이제 돌아간다
한 송이 꽃 들고 간다

* 이 작품은 2000년 6월 15일 남북정상회담 평양 만찬장에서 낭독
  한 즉흥시이다.

동굴 밖

강원도 정선 비룡동굴 천장 종유석마다
거기 매달린 박쥐들의
그 태연자약의 한평생이라니

이 사실이 알려지는 건 큰 잘못이다

동굴 밖에서는 흰 머릿수건 쓴 할멈 혼자
황기를 팔고 있다

황기 한 다발 일만원
에누리 없다

그것이 동굴 안으로 알려지는 건 더욱 큰 잘못이다

낙안읍

숨이 길었다
전라남도 승주군 낙안읍에 어찌어찌 가게 되어
거기
간밤이 마침 제삿날 밤이었던 듯
대물림 옥비녀 꽂은
저 증조모님 혼령쯤 다녀가신 듯
초가집

그 집 이웃
옹기
종기
모듬살이 이어오는 것 보았네
내년 삼월 삼짇날 앞뒤로 오실 제비의 먼 길
하늘에 나 있는 것 보았네

박 한 덩이 두둥실
초가집 지붕
그 잔등 굽은 물매라든지

어리수굿 철들어 고개 그윽이 떨군 처마라든지
알딸딸한 겨울 아침

큰 놈 작은 놈 다 나와 매달린
처마 고드름들이라든지
한낮
그 고드름들 녹아주며
몇 방울씩 남은 설움인 듯 낙숫물 지는 소리라든지
묵은 뉘우침같이 되새겨지는
낮닭 우는 소리에
무슨 일이여 하고 돌아다보는 어린아이의 뒤통수라든지
저 건너 운암산 자락 데면데면한 사돈 같은 적막이라든지

그런 것들을
순 공짜배기로 보았네
보고 돌아왔네

쪽지 하나

옛 고운(孤雲) 최치원께서

돌이 말할지도 모르고
거북이 돌아다볼지 모르는데
어떻게 글로써
산을 빛나게 하고
개울을 아름답게 하리오
도리어 숲에서 부끄러움을 당하고
시냇물에게 무안을 당하지 않겠느뇨

라고 쓰거운 약 같은 혀를 내둘러 말하셨을 때!

이에 앞서
얼른
산은 눈부셔 빛나고
개울 또한
에미와 아기인 듯 어여쁘디어여쁘도록 총총 회돌아 흐르
더이다

시의 강호 제군
올해 며칠쯤
시와 시 아닌 것
다 놔두고
빈손이시라

방금 숨진 송장의 빈손이시라 그뒤 불현듯 살아나시라

10월 19일

가을이 내 뼈마디들을 드러내겠습니다
가슴 속속들이
멍들어
푸른 하늘이겠습니다

부러진 칼 번개 하나 없겠습니다
우레 하나 없겠습니다

저녁 황해

저 바다에 공작새 꼬리 떠다닐 까닭 없고
산등성이
산등성이 그늘 가랑잎떼 흩날리겠습니다

영혼은 후회이겠습니다

바닷가에 섬조개 껍질 몇개 놓고 있겠습니다
이제 나는

아무것도 배우지 않겠습니다
오 내 가을의 먹통
오직 휴전선 이남의 작은 이 나라에서 움찔움찔 자라난 것
퍽이나 감사하겠습니다

보십시오
이제
저물어오는 마을 연기 한 줄기 없겠습니다
아이 부르는 소리도 없겠습니다

삼가 이것이 오늘이겠습니다

가을 답장

가을이 왔습니다
키 작은 우체부가 다른 곳으로 잘못 갔다가 온
편지를 전하고 두런거리며 갔습니다
문밖에서
아주 오래된 것들이
이름도 붙이기 전의 새로운 것으로 다시 태어납니다
돌멩이도 다지고 다져진 에움길도 그랬습니다
하늘
온갖 의문들이 사라졌습니다
하늘 밑
곧 떨어질 단풍 잎새들에게
남아 있는 생이 눈썹 밑 새롭습니다
추수 뒤
벤 벼 그루터기에
돋아난 어린 벼포기도 새롭습니다

단풍나무 그림자가 곱절 길어졌습니다
그 대신 내 넋이 무겁습니다

번뇌들과
천가지 허영 이것으로
어떻게 이 가을을 맞이하겠습니까

바라건대 넋이 가벼워서야
십만억 국토 지난 저승에 갈 수 있습니다
지금 이 세상에
가을이 왔습니다
얼마나 다행입니까

얼마나 다행한 적이 있었던가요
가을이 왔습니다
아무것도 뉘우칠 것이 없습니다
타버린 재
그것보다 더
가벼울 바람이 붑니다
내 머리카락이 두런두런
깨어납니다

바람 한점이
진 잎새들 뒤집어 말합니다
네 말은 무엇이냐고
네 말은 사랑이냐고 사랑의 허망 아니냐고

부끄럽습니다

사랑은 오늘이 아니라 늘 지나간 것입니다
불붙은 연탄아궁이가
밤새 그 뜨거운 사랑을 빨아들이고 있습니다
오늘도 누구의 오늘이자
곧 누구의 어제입니다
나는 구절초꽃 한 가지 볼 수 없도록
감히 눈을 뜨지 못합니다

세상이 소경 하나를 에워싸고 있습니다
산등 억새꽃과
그 아래 방아다리 둔덕 옻나무 새빨간 잎새

그리고 개정면 들판이
함께 어둠으로
나의 해답이 됩니다
가을이 왔습니다 더이상 올 데 갈 데가 없습니다

흰나비

보아라
저 어리석은 바다 위를
지혜귀신
한마리 흰나비가 날고 있다

이 세상의 모든 책들 닫혀 있다

비닐봉지

쪽파 두 단 담아온
검정 비닐봉지

빈 비닐봉지

괜히 바람 한 자락에 날아올라
저 혼자 춤추더라
춤추다가
울 넘어 시지부지 가버리더라

어머니

평화 3

피스
라는 낱말에서
나는 피 묻은 사체를 본다
피스
라는 낱말에서
나는 한밤중 포탄이
작렬하는 광경을 본다
크리스마스이브의 불꽃놀이라고 환호했던가
피스
라는 낱말에서
나는 침략과 수탈을 본다
피스
라는 낱말에서
석유를 본다
피스
라는 낱말에서
중앙아시아 미공군기지를 본다
우리는 다른 낱말을 찾아야겠다

누구도 쓰지 않고 있는
오래된
가장 새로운 낱말을 찾아내야겠다

아니 죽은 말 산스크리트의 '샨티'를
말레이시아의
'키타'를
그 고요 평화를
그 우리 모두의 평화를

또한 한국의 아버지가 그의 아들보다
먼저 죽는 것
그 태평성대의
아침 평화를

그리움

잠 깨어
천둥소리 나머지를 듣는다

아버님 세상을 떠나신 지
40년이 되어간다
어머님이 떠나신 지
벌써 10년이 되어온다

천둥소리 뒤로 비가 온다 그제야 잎사귀들 후두둑 깨어
난다

너에게

걱정 마라
또 바람이 분다 바람에 빈 가지들 뛰논다

유혹

깨쳐라 나는 내가 아니다 극도로 너도 네가 아니다

지금 진달래꽃이 나오려 한다
개나리꽃들도
과감하게 나오려 한다

이 흔해빠진 것들의 직전에 감사한다
아직 멸종되지 않은
박태기꽃도
좀 있다가 나오려 한다 박태기에게도 감사한다

온 마을 가득 암내가 진동한다

모든 개념분석들
모든 논리실증주의들
모든 경험론들
모든 좌우 도그마들
이 꽃들의 암내에 씨근벌떡 쓰러지거라

모든 관념들의 오랏줄 사슬 차꼬 성춘향의 큰칼 풀려나
뛰쳐나와라
뛰쳐나와
봄처녀 한사코 붙잡을
저 녀석으로 오라

때가 왔나 어서 오라

눈 내리는 날

소월 형
지용 형
당신네들 어렴풋이 알았을 거요
인류 맨 처음의 언어가
아아
였던 것

블레이크 형
횔덜린 형
당신네들 어렴풋이 알고 있었을 거요
인류 맨 마지막의 언어가
아아
이리라는 것

지금 내 머리 위에서
어미 아비 없는 푸른 하늘
어미 아비 없는
아아

아아
이 막무가내의 아아들이 나에게 펄펄 내려앉고 있소
저 하늘의 마지막 손수건인가보오

허공

누구 때려죽이고 싶거든 때려죽여 살점 뜯어먹고 싶거든
그 징그러운 미움 다하여
한 자락 구름이다가
자취 없어진
거기
허공 하나둘
보게
어느날 죽은 아기로 호젓하거든
또 어느날
남의 잔치에서 돌아오는 길
괜히 서럽거든
보게
뒤란에 가 소리 죽여 울던 어린 시절의 누나
내내 그립거든
보게
저 지긋지긋한 시대의 거리 지나왔거든
보게
찬물 한모금 마시고 나서

보게
그대 오늘 막장떨이 장사 엔간히 손해 보았거든
보게
백년 미만 도(道) 따위 통하지 말고
그냥 바라보게

거기 그 허공만한 데 어디 있을까보냐

나무에게

연사흘 그리도 흔들리던
뿌리째
흔들리던
그대

오늘은 바람 한점 모르고
꼭꼭 입 다물고 멈춰서 있어라

또 몇만번
몇십만번
머리 풀고 흔들리기 위해서
뚝 멈춰서 있어라

여기 숙연토록 세상의 억만 거짓 사절하노니

집

안에서
삽사리 꼬리 기쁨이 마중 나왔다
안에서
내 마음이 마중 나왔다

철모를 벗고
총을 내려놓았다
탄띠를 풀었다

황소가죽 워커를 벗고
왼발부터 양말을 벗었다
맨발 둘이 새싹인 듯 불쌍하게시리 나와 있다

아내의 사진을 바라보았다
울음이 이루어졌다

라싸에서

해발 사천 미터 턱밑입니다
티베트 라싸
창포 강 물살이 사납게 달립니다
모자 벗어던지면
이내 보이지 않습니다
돌아서서
숨결을 반숨쯤으로 아낍니다

그 라싸 구시가 팔각(八角) 거리
한바퀴 느린 물레로 돕니다
웬 거지들이 흥겹게 모여드는지
그 가운데 늙은 거지

다 쭈그러져
누런 이빨 두어개 남은 것으로
이이이이 하고 웃어 보이다가
딱 한마디

한푼 줍쇼
따위가 아니라
어럽쇼
어럽쇼
그런 시시껄렁한 구걸이 아니라
어럽쇼
어럽쇼
당신께서 가장 높으십니다

이 한마디였습니다
거두절미하고
놀랐습니다 깜짝 놀랐습니다
내 어설픈 뜨내기 넋이
거기서 꽉 막혀
놀라 깨어나버렸습니다

어제도 오늘도 또 내일도
이런 구걸인사는 없겠습니다

이승의 어드메서도 이런 구걸은
애시당초 없겠습니다

내가 온 곳
내가 갈 곳
저 사천 미터 아래의 우레 벼락 세상에서
누가 나더러
당신께서 가장 높으시다고
맨손으로 치켜세우겠습니까

여기에 이르니
택도 없는 이 존대를 받고 황은망극하여
어찌 한푼의 적선으로 답하겠습니까
그래서리
모택동 초상이 박힌 지폐 한장을
얼른 드리고 그곳을 떠나버렸습니다
생각건대 나 또한
거지 중의 상거지임에 틀림없습니다

시의 한 구절을
시의 한 구절과 한 구절 사이의
빈 데를
그제도
이튿날에도 얻어보려고
안 나오는 젖 빨아대며
이 꼭지 저 꼭지 배고픈 아기 주둥이 파고들기를
마다하시 않았습니다

그러므로 이승의 어느 골짝
저승의 어느 기슭
아니
밑도 끝도 모르는 우주 무궁의
어느 가녁에 대고
한마디 말씀이여
한마디 말씀과 말씀 사이 지언이시여
애면글면 구걸해오기를
어언 오십년에 이르렀습니다

한마디 말씀의 귀신들이시여
당신께서 가장 높으십니다
이제 나도 이런 구걸의 경지
감히 터득하고 싶습니다
다만 내 행복은 도둑이 아니라는 것
내 불행은 그 언제까지나
거지라는 것, 이것뿐입니다

당신께서 가장 높으십니다

개밥 주면서

달래야
오월아

날 저물었구나 이명박이 취임했구나

달래야
네 새끼 오월이가
네가 에미인 줄 모르더라
네가 암내 내면
그놈이
궁둥이 마구 올라타더라

날 저물었구나 노무현이 귀향했구나

너 또한
새끼 낳았을 때
그놈의 오줌똥 다 먹으며
행여나 어찌될세라 어찌될세라

애지중지 기르더니
어느날부터
소 닭 보듯
닭 소 보듯 남남이더라
더는 네 새끼 아니고 그냥 심심파적 수컷이더라

날 흐리구나 카우보이 부시가 떠나리라

얼마나 좋으냐
너는
몇달 전 새끼인 줄 모르고
네 새끼는
몇달 전 에미인 줄 모르더라

날 맑구나 푸친이 대통령 마치고 그것으로 배고파 실권
총리 되더라

정정당당하구나

더도 덜도 말고 어느 한 짐승은
0.5초의 기억만으로 살아가더라
그보다는 못할망정
몇달 지나
제 새끼인 것 잊어버리고
제 에미인 것 잊어버리는
그 현재
그 무애

기억이란 얼마나 남루하냐
천년이나 백년 얼마나 치사하냐

오월아 달래야 얼마나 좋으냐
네 자유에 경배하고 싶어라

선술집

기원전 이천년쯤의 수메르 서사시 ‘길가메시’에는
주인공께서
불사의 비결을 찾아나서서
사자를 맨손으로 때려잡고
하늘에서 내려온
터무니없는 황소도 때려잡고
땅끝까지 가고 갔는데

그 땅끝에
하필이면 선술집 하나 있다니!

그 선술집 주모 씨두리 가라사대

손님 술이나 한잔 드셔라오
비결은 무슨 비결
술이나 한잔 더 드시굴랑은 돌아가셔라오

정작 그 땅끝에서

바다는 아령칙하게 시작하고 있었다

어쩌냐

달래 4대

우리집 개 세마리 중의 한마리가 달래이다
달래라는 이름은
몇년 전 김형균이 지었다
달래 어미의 어릴 적부터 달래이니
지금은
달래 4대

그간 몇번 떠돌이 개한테
물어뜯겨
죽을 고비를 넘기고도
살아나
살아나
새끼 낳으니
처음에는 여덟마리 낳아
몇마리 죽고
이번에는 여섯마리 낳아
두마리 살았다

내가 사람이고

달래가 개인 것
이것이
나를 견딜 수 없게 한다
그래서
앞으로 한 십년쯤
내가 달래가 되고
달래가
고은이 되는 꿈을 와장창 꾼다

요긴대 이 지옥 친당으로서의 나 말고
다른 무엇 되고 싶은 것
아니
달래가 되고 싶은 것

허나 달래는
추호도 고은이 되고 싶어하지 않는다 꼬리 친다
이런 달래의 삶 속에 들어가고 싶은 것

어림없구나

어떤 신세타령

흰 구름이 뒷걸음질 뚝 멈추었습니다
수동이 누나
머리 가르마 위
나비 오는
그 누나
시집간 지 사흘 뒤
신행길 친정에 왔습니다
초록저고리 다홍치마 입고
재 넘어서 왔습니다
멍멍이도 나도 짖을 줄 모르고 얼어붙었습니다
눈부셔
얼어붙었습니다
온 마을이 눈 번쩍 떠
얼어붙었습니다
아휴, 저 새각시 보아

문맹률 90퍼센트의 그 시절
나는 수동이와 함께

망건 쓴 훈장의

그 군둥내 고린내 나는 방에서

뫼산 자 내천 자를 배웠습니다

큰비에 산 한쪽이 무너지고 냇둑이 터졌습니다

여러 사람이 나오는 논어를 배우다 말았습니다

공자는 까다로운 나의 할아버지 같았습니다

나는 머슴 대길이 아재로부터

밤마다 장화홍련전의 언문을 몰래 배웠습니다

어떤 별은

마마 앓다가 죽은 두살배기 아우였습니다

ㄱ런 다음

교실 네 칸의 학교에 가 카따까나 히라가나로 공부하였
습니다

일본 처녀 나까무라 요네 선생님은 아름다웠습니다

대낮 열두시에는 천황폐하가 사는 쪽으로 향해서 요배
(遙拜)를 하였습니다

그런 것도 모르고 송아지가 음매 하고 울었습니다

해방의 날이 강도처럼 왔습니다

너도나도 강도가 도둑이 되어 날뛰었습니다
언문을 국문이라 하였습니다
국문 아는 아이는
초등학교 삼학년 아이들 가운데
나 하나밖에 없었습니다
그 국문이 내 운명의 시작인 줄을 미처 몰랐습니다
강도가 아니라 거지인 내 운명 말입니다

전쟁 삼년의 피바람이 몰아쳤습니다
살아 있는 것과
죽어가는 것
이 둘뿐이었습니다
삶은 죽음의 이쪽
죽음은 삶의 저쪽이었습니다
그 누더기 시절
양키부대 타자수 김설자가 바바리코트를 입었습니다
새빨간 입술 속
눈부신 흰 이빨이 쪼르르 나왔습니다

누가 감히 휘파람을 불었습니다
그 폐허에서 나는 죽음을 입에 물고 다녔습니다

문맹률 75퍼센트의 그 시절
나는 덩달아 시인이 되어버렸습니다
가슴에 거멀못 박혀
내가 태어난 것이 내 뜻이 아니었듯이
꼼짝달싹 못하게
내가 시인으로 태어난 것이
오래된 내 뜻인 듯
여기저기서 구호물자 주는 저녁 예배당 종소리와
도벌 남벌 민둥산의 굽은 나무가
이따금 한편의 시를 주면 달게 받아먹었습니다
전쟁
평화라는 낱말
부패
기아
천년 이어온 초가지붕들

이승만의 독재 부정선거 피아노표 올빼미표
그런 날들을 지나오며 극단과 극단의 일상이었습니다
이슥한 달빛에도
숨을 칼날들이 엇갈려 있었습니다

문맹률 0퍼센트의 시절
지난날의 폐허에서 시작한 내 시의 엉터리는
벌써 50년이 되어갑니다
내 또래들 남북의 절반이 죽고
나는 술집 탁자 위에서 자다가 떨어졌습니다
어느날 밤 내 또래의 귀신들 몇이 나에게 물었습니다
너 시인이냐?
나는 비겁하게 그리고 진지하게 부인하였습니다
아니라고
아니라고

내가 진짜 시인이라면
세상의 한 모서리가 왜 이 지경이겠느냐고

아니라고
아니라고

그 속삭임

비가 오다
책상 앞에 앉다
책상이 가만히 말하다
나는 일찍이 꽃이었고 잎이었다 줄기였다
나는 사막 저쪽 오아시스까지 뻗어간
땅속의 긴 뿌리였다

책상 위의 쇠토막이 말하다
나는 달밤에 혼자 울부짖는 늑대의 목젖이었다

비가 그치다
밖으로 나가다
흠뻑 젖은 풀이 나에게 말하다
나는 일찍이 너희들 인간의 희로애락이었다
너희들의 삶이었고 노래였다
너희들의 꿈속이었다

이제 내가 말하다

책상에게
쇠에게
흙에게
나는 일찍이 너였다 너였다 너였다
지금 나는 너이고 너이다

책상에게

꽃모종

가뭄 꼬리에 비 오셨다
하늘이
하늘님이셨다
말이
말씀이셨다 다 임이셨다

아내는 희디흰 앞치마같이
초록저고리
다홍치마같이
머리 가르마 동백기름같이 아주까리기름같이
쪽 찐 옥비녀같이
가슴 떠는 초승달 눈썹같이
예스러이 마당에 나오셨다

꽃모종
어린 해바라기 옮겨 심으셨다
어린 코스모스 옮겨 심으셨다
서러울 수도 없는

아직 괴로울 수도 없는
어린 분꽃 과꽃 맨드라미 봉선화
여기에다
저기에다 심으셨다

꽃모종 뒤
아내가 입을 달싹이셨다
먼저 죽겠다고
이어서 내가 입을 달싹이셨다
내가 먼저 죽겠다고
슬퍼하라고
슬퍼하라고 말씀하셨다
비 오신 땅님께서 하늘님인 양 높으셨다 더 어린 꽃님들
그보다 높으셨다

동시발화(同時發話)

자주 둘의 입에서
하나의 말이 나와버린다
희곡 속의 화기애애한 단역들
이구동성 그대로
아니
어느 생에서
둘이 짰던 새금파리 두쪽 나눠 가진 합심 그대로
십년 뒤 그대로
같은 말이 나와버린다

여기가 좋겠다
여기가 좋겠다

이 둘이 하나로 나와버린다

돌아오는 길에 사오겠다
돌아오는 길에 사오겠다

이 둘이 시시하게 하나로 나와버린다

오늘은 어제이다
어제는 오늘이다

긴 번민의 행렬이
북인도 비하르 주 평원을 기어가는
일백십사 칸 화차의 긴 완행 끝
거기서 내려버려라
세상에 널린 약속들 너머

여기가 좋겠어
여기가 좋겠어

이 둘이 하나로 나와버린다
끝끝내 하나로 나와버린다

여기가 좋겠어

약력

어머니는 나를 낳은 뒤
한달에 며칠씩 앓아누웠다
앓아누워
피를 쏟았다
앓은 뒤
피 묻은 속곳을 빨아 햇빛벙어리 뒤안에 널었다
할아버지는
이틀에 한번꼴로 막걸리에 취했다
소를 도둑맞았다
도둑맞은 외양간에 소냄새가 남아 있었다
아버지는 할아버지의 주정뱅이 막걸리를 입에 대지 않
았다
새도 구름도 필요 없이
오래오래 멍한 하늘을 바라보았다
언제나 꿈속이었다
이런 날들의 수십년이 한꺼번에 파도쳐 가버렸다
도저히
도저히

내게 올 수 없는 것이 와버린 것 나의 아내
어머니가 나를 낳았고
그뒤로는 아내가 다시 나를 낳았다
도저히 함께일 수 없는 것이 함께인 것
나의 어머니인 아내

총화를 위하여

총동원의 날이다
태양 아래서
내 시각이
내 후각이
내 청각이
내 미각이
내 촉각이
내 튀어나온 심각이

내 말나각
내 아뢰야각이
다 나와 다 뛰쳐나와

너를 본다
너를 맡는다
너를 듣는다 너를 먹는다
너를 더듬고 너를 뚫는다
몸으로 모자라서

마음으로 너를 땅속 깊이 심는다
너를 심어
너를 묻는다

내 터럭 봐
내 허공 속 티끌 봐
내 암흑 속 춤 봐
미치고 있지 않느냐
온통 암내 진동하고 있지 않느냐

내 눈 봐
내 네다리 봐 등짝 봐
개보다 개
벌레보다 벌레
내 네다리로
네 네다리 칭칭 감는다
네 등짝에
네 배꼽 단전에 불지른다

불타오른다
불타오른다

내 입술 내 구강 내 이빨들
내 식도와 위장 십이지장 소장 대장 맹장
숨은 췌장 뛰쳐나와
방광 덩어리
내 불알 두쪽 탱자가 된다 귤이 된다

내 몸속의 절규 비명 오열 신음
내 몸속의 반란
다 깨어나
다 요동치며
백년 원수 목 자를 비수로 솟아올라
총동원으로 너를 사랑한다

그 어느 것 하나가
잠들어 있으면

모든 것이 허사
그 어느 것 하나도 하나일 수 없는
모든 것
총동원의 미개로 사랑한다

내 발가락들 발바닥들도
내일 저녁
너랑 나랑 함께 돌아올 발바닥들도
다 바닥쳐 뛰어올라 감히 사랑한다

　내 총화 뒤의 면종인 너를 사랑한다 미워하고 미워하다
사랑한다

시시한 날

너무 크구나
너무 오래 크구나
사랑
몇천년부터
줄곧 커다랗구나
사랑

오늘 아침에도 누가 커다란 사랑을 커다랗게 말한다

사랑이야 정작 크지도 작지도 않을 터
그냥 사랑일 터
오늘 아침에도 모르겠구나
너무 크기만 하구나
사랑

그러나 커다란 사랑은 단 한번도 여기 온 적 없다
커다란 사랑이라는 말이
사랑이란 크다는

사랑이란 넓다는
사랑이란 깊고 깊다는
사랑이란 아스라이 높다는 말이
언제까지나
지워질 줄 모르건만
단 한번도 그것은 온 적 없다

사랑이야 본디 크지도 작지도 않을 터

그러나 오늘 아침 멍청한 한마디

사랑은 그것이 정녕 사랑이라면
작은 사랑일 것
남극 펭귄 어미가 새끼에게
자연 그것일 것
남극까지 갈 것 없이
우선 과부가 산 너머 홀아비에게
자연일 것

봄일 것

봄의 둑새풀 빛

여름

가을의 단풍 잎새

겨울일 것

추워서 서로 부둥켜안길 것

그러는 동안

조금씩 세월의 거리에서 꾸벅꾸벅 졸음이 잦아질 것

내 밥이

누구의 굶주림인지

가만히 헤아려볼 것

내 술이

누구의 설움인지

문득 술 깨어나 깨달을 것

내 삶이

행여나 누구의 죽음과

뒤바뀐 건 아닌지

사뿐사뿐 의심할 것

여기 미움만도 못한 식어버린 미움만도 못한
지지리 못난 사랑
오늘은 어제의 못난 핏줄
내일은 오늘의 정신 또랑또랑한 핏줄

이런 오늘과 내일 사이로
시시한 날
시시한 사랑일 것

바라건대 내 사랑이
한국에서 가장 시시한 사랑으로 낙후되고 말아야 할 것
꼴찌 포구의 한 쌍 갈매기 그것일 것

고추잠자리 일기

9월이라 하늘이 몇번이나 크다
거리낄 것 없이
고추잠자리
뿔붉은 채
열 마디 꼬리 굽혀
뿔붉은 채
거리낄 것 없이 떠다닌다

하늘이 낮달을 묻어둔 채 가만히 눈 뜨고 있다
구름 하나 오지 않는다

뿔붉은 한 쌍밖에 아무도 없다

내가 부르지 않았는데
방 안의 그가 나온다
하늘 전체가 사랑이다 너무 큰 사랑이다

공전(公轉)

아내의 둘레를 돌 때마다
나는 빛난다
아내의 둘레를 돌 때마다
나의 한쪽이 빛난다

아내의 빛으로
나의 다른 한쪽이 캄캄하다

나는 아내의 위성이다 내 운명이다
운명이란 뭔가
운명이란
우주의 제도 아닌가

나는 아리안이 아니다 나는 내 아내의 형식이다

그 집

아직도 가보지 못했습니다

그대 어릴 적
돈암동 개울 건너 그 집
삼선교 지나
동도극장 지나
돈암동 전차종점 못미처
다락방과
높은 장독대 있는 그 집 자리
아직도 가보지 못했습니다

그대 어릴 적 외갓집
서대문 밖 홍제동 지나
광산으로 백토로 부자 된 외갓집
대문 중문 안중문 지나
토방 축대 높은 안채
지금 그대로인지 아닌지
아직도 가보지 못했습니다

이모네 집
6·25 때 폭격으로 죽은 이모네 집
살아남은
이종사촌 오빠 언니
전쟁고아 된 집
그리고 정릉집
아직도 가보지 못했습니다

그대의 돈암국민학교
그대의 광화문 호박밭여고
그대의 신촌
대학생 시절의 다방
그대의 어디어디
그곳에 가서
그곳에 가서
그대의 지난날을 사랑하지 않으면
지금의 사랑이 하현달 밤 이지러질 것이므로

꼭 그곳에 가서
그대의 지난날까지 악쓰며 사랑해야 하건만
아직도
아직도 가보지 못했습니다

올가을에는 늦가을에는 갈 것입니다

4행의 노래

눈 뜨니 꽃 피시더라
눈 감으니 비 오시더라

살아서 새 우시더라
죽어서 눈 내리시더라

이만

태백으로 간다

오늘도 내 발밑에서
고생대 화성암 충층의 억센 함구로 캄캄할 것
오늘도 내 서성거리는 발밑에서
바스라져
바스라져
쌓여 울부짖다 퇴적암의 굳은 포효로 캄캄할 것
어찌 이뿐이랴
오늘도
그것들의 길고 긴 변성암의 밤으로 지새울 줄 모르고 캄
캄할 것

이토록 지엄한 암석의 하세월로부터
내 고뇌가 와야 한다
가버린 저쪽
내 고생대의 한 조각 화석으로부터
그 화석의 깊으나 깊은 잠의 수렁으로부터
절망으로
절망의 절망인 희망으로 깨어나

내 고뇌의 새벽이 오싹오싹 와야 한다

최소한 저 1960년대 10년의 밤들
그 불면으로 엎드린 밤들
울다
울다
울음 하나 남은 것 없던
내 가뭄의 갈비뼈 불 질러 와야 한다

저 1970년대 10년의 날들
그 싸움 기슭
내 맹목의 살점들 지글지글 타던
모두의 숨찬 넋들로 새로이 와야 한다

이 모독의 지상 여기저기
내 석탄의 고뇌가 와야 한다

꽃 져라 잎새들 져라

바야흐로 나는 그런 날의 쓰린 빈속으로 태백행 밤기차
를 탄다
추전에 간다

누가 묻더라

북방호인이 묻더라
남방월인이 묻더라

그대
바람이 된 적 있는가
바람이 되어
가차없는 파도 위
흰 돛 팽팽히 휘어
쫓기듯
쫓듯 내달리는 핏줄이란 핏줄 성난 뱃길이 된 적 있는가

바람이 되어
밤하늘 속
머나먼 길 건너가는
기러기 날개 지치고 지치는 뼈만 남은 길
한푼 삯전 없이 바쳐준 적 있는가

그 위

1만 3천 미터 상공쯤
거기 제트기류 타고 가는
히말라야 학의
히말라야 하늘 빙하
날개 펼친 채
순 공짜로 실려가는 길이 되어준 적 있는가

오, 비상의 형벌

그대
바람이 된 적 있는가
바람이 되어
맞바람이 되어
동아시아 소작농 들녘
닷새 엿새 전 심어놓은
어린모들 파릇파릇 뿌리 내려
처음으로 바람에 흔들리는
그 어여쁘디어여쁜 슬픔

해 저물어 어루만져준 적 있는가

지난겨울 보리밭 둔덕
열세살 아이
날아오른 연
높이
높이
높이
꿈속까지 꿈속 안 보일 때까지 띄워보낸 적 있는가

오, 하강

오늘 저녁 남몰래 바람 되고파
어둑발 손님으로 손님 대신으로
가만가만
저 고개 숙인 마을
누구네 집 깃들이는
한 자락 바람의 순한 끄트머리이고파

포고

더이상 발견하지 말 것
다시 말한다
더이상 발견하지 말 것

불을 발견하고 술을 발견하던 시절이여
거기로부터
너무나 멀리 와버렸구나

바람 분다
나비들
어서 내려앉아라

태평양
인도양
또는 대서양 심해 생명 140여만 종

천만다행이구나
미발견 생명 3천여만 종

제발 그냥 놔둘 것

에디슨아
에디슨아
에디슨아

너이상 발명하지 말 것

이로부터 발견과 발명 그리고 모든 발전
극형에 처함
이와 함께
모든 진리 극형에 처함

은파에서

이만한 가슴이면 좋겠네
잔물결 짓는
이만한 가슴속
그리움이면 좋겠네

그대의 반생애 수고 많았네

이만한 마음이면 좋겠네
물수제비뜨듯
물수제비뜨듯
어린 시절
동그라미 무늬지는
그 마음이면 좋겠네

그대의 남은 생애 오고 있네

더도 말고
이만한 삶이면 좋겠네

하늘에 달
물에 달
물에 달이면
내 마음에 달 아닌가
그대와 나
이만한 삶이라면 그냥 좋겠네

경부고속도로 하행

아직도 논이 있는 것
아직도
논 저켠
양(養)할머니 같은
밭뙈기 누워 있는 것
아직도
낼모레 모심을
물 가둔 눈먼 논 있는 것
마음 뿌듯뿌듯 가득 차 있는 것
기막히군

왼쪽 차창으로는
볼보 트럭센터로군
조금 지나
에그머니나 오산장례식장이로군
오산 고층아파트 덩치들
마구 솟아오르는군

산소 희박으로 발딱이는군

연이(然而)
경기평야
아직도 간간이 논 남아
모심은 논
개구리 소리
먼먼 기미년 만세 소리 자오록이 들리는 듯하군

기막히군

시에게

봐

여기 개그
저기 개그
여기 개그
저기 개그

소위 지상파 소위 공중파

네거리 전광판
신문사 전광판
광고
광고
광고국가 개그판

익살판
하루 내내 재담판
난숙한 재치문답판

어차피 만물 웃음거리야(也)
어차피 만사 잘코사니 코미디야(也)

봐

이 무지무지한 웃음판
이 무지무지한 웃음개판
브랜드들
섹스
스포츠
베스트셀러들 모두
개그에서 개그로
개그에서
더 개그로
더 개그 인플루엔자로 인플레로 디플레로
확대재생산되는 것 좀 봐
시 너 죽어줘 푹 죽어줘

함박눈 내리는 날

함박눈 내리는 날
모든 죽음 위에
모든 죽음 뒤 남아 있는 이삭의 삶 위에
함박눈 내리는 날
너 만나
네 옷에 쌓인 눈을 털어주며
너에게 극비로 말하고 싶다

아, 금지당한 말로 말하고 싶다

이제까지 내 세월에 흔전만전 허여된 말이 아닌
얼치기 지배의 말
얼치기 관습의 말이 아닌

몇백년 동안
몰래몰래
목숨 걸고 이어져온
그 금지당한 말이
참을 수 없이

내 입술 밖으로 뛰쳐나와
깜짝 놀라는 네 가슴속으로 파고드는
그 말로 말하고 싶다

사랑한다고!

근대 몇백년 오용 남용의 그것이 아닌
태초 불온의 말로

사랑한다고!

저쪽 상수리나무 가지마다 쌓인
무거운 눈을
누가 털어준다
나뭇가지들이 출렁이다 말고
제자리로 돌아간다

사랑한다고!

그 폭포 소리

황제의 침전
그 구중궁궐 침전
그 침전 벽
결연한 벽화가 그려져 있었나이다
그 벽화에는
낙하하는 폭포도 그려져 있었나이다

비빈 운우 사절의 밤

다음날 아침
황제 폐하께서 짜증을 내셨나이다
화원을 불러들이셨나이다
폐하 눈살 찌푸리시며 가라사대
지지난밤도
지난밤도
짐이 제대로 잠을 이룰 수 없었노라
왜이겠느냐
밤새도록 저 벽화 폭포 그림

폭포 소리로
짐의 옥체에 몹시 시끄러웠노라
당장
폭포 그림을 지워버리렷다

득달같이
그 폭포 그림을 싹 지워버렸나이다

다음날 폐하 숙면의 아침
기시개를 펴
상선(上善)한테 이르시기를
어허 간밤엔 짐이 편히 쉬었노라
그놈의 폭포 소리 나지 않아
짐의 침전의 사위(四圍) 무척 정숙하였노라

멋져

2천년 이후

옛 황제 침전의 벽화 말씀입지요
그 벽화 속
폭포 그림이 지워진 이래
폭포 소리는 영영 들리지 않았습지요

무려 2천년이 피잉 지났습지요

옛 황제 침전은
그냥 텅 빈 고궁의 한 방으로 보존되었습지요
퀴퀴한 냄새로 길이 보존되었습지요

어느날 밤
한 미치광이 화공께서 목숨 걸고 스며들어
그 출입엄금의 방 벽화에
새로 폭포를 휘갈겨 그려넣었습지요
그런 뒤 월떡 담 넘어 사라졌습지요

살아나리랏다

살아나리랐다

다음날 밤
그 텅 빈 방에서
폭포 낙하 소리가 컹컹컹 나기 시작하였습지요

2천년의 어둠들 깜짝 놀라 깨어났습지요

이윽고 그 폭포 소리
침선 밖
아니
고궁 밖 거리거리의 어둠속으로
점점 퍼져가
뭇 인민들 뭇 축생들 잠 깨어났습지요

허나
다음날 아침이면
귀신 곡할 노릇으로

그 폭포 소리는 온데간데없었습지요

그 미치광이 화공께서 머지않아 체포될 것이옵지요 아휴
멋져

나의 삶
네 강을 걱정하며

산마루시여 강물 이랑이시여

할아버지의 할아버지의 할아버지시여

할아버지의 할아버지시여

할아버지의 아버지시여

맴돌아

할아버지시여

할머니시여

할아버지께서는

할아버지이 산에 어김없이 의지히고 살아오셨습니다

새벽 건기침 소리 어리번쩍이셨습니다

할머니께서는

할머니의 강에 숨결 의지가지 삼아

강물 소리 조록조록 들으며 살아오셨습니다

그러다가 언제부터던가

나의 산이 거꾸로 나를 의지하기 시작하였습니다

한밤중 산이 비슬차 울었습니다
언제부턴가 강이 나를 의지가지로 삼아
비척비척 흘러가기 시작하였습니다

삽날이 번뜩였습니다 쇠갈퀴 으르렁댔습니다

이제 산이 내려다볼
회도는 강물이 없어져갑니다
강물이 올려다볼
저문 산의 애틋한 그리움이 없어져갑니다

오늘도 강은 강대로 죽어가고 산은 산대로 마구 죽어갑
니다

돌아보소서
이 꼬라지
이 꼬라지가
할아버지 할머니 후손의 막된 나의 삶입니다

돌아다보지 마소서
더이상 나는 당신들의 무엇이 아닙니다
한갓 이 문명 떨거지 생핏줄 끊긴 불초막심의 삽날입니다

길을 물어

남원에서
함양으로 넘어가는 산길
지난해 으악새들 쏠려
으스스히 찬 기운이 감싸온다
나는 멈칫하다가
마음 다독여 마루턱을 그예 넘었다
거기까지 따라오던 찬 기운과 헤어져
내 눈이 그렁그렁 편했다
내리막길
천년 전의 어느날
천년 전의 나인 듯 예스레 흥얼거렸다
골짝 아래
옹달샘
그 옹달샘
물 긷는 아낙
딴 세상이다 딴 세상의 이 세상이다
나의 길 잘못 들었던가
큼

큼
기척 앞세워
저어 삼송리로 가는 길 아시나요 여쭈었더니
모른다 하시더니
잠깐 기다리라 하시더니
잰걸음으로
아래쪽 오두막까지 가
그 집 할멈한테 물어물어
돌아와
이 길로 가시다가
저 길로 가시면
삼거리가 나오는데
그 삼거리에서
오른쪽 삼밭 쪽 길로 접어들어
한 반 시각쯤이면
육백년짜리 팽나무 밑에 주막이 나오는데
거기가
바로 삼송리 동구라고 알려주셨다

두레박 물도 주시니
갈한 목 축이고 나서
하늘을 보니
낮달이 나를 내려다보고 있다
고마우신지
내 발가락의 기쁨이 성큼성큼 길을 내었다

아뿔싸

백년 뒤의 자본주의 극단인심에 길을 물을 때
혹시나 돈 몇푼 받아야
길을 가리켜주지 않을까

아뿔싸

그럼 백년 전에 살고 있는 것
순 공짜를 정성들여
길을 가리켜주시는 산골 아낙과 함께 살고 있는 것

하늘 아래
하늘의 구름 아래
불그데데한 저녁노을의 마을
그 삼송리 안동네의 개가 짖는 순한 소리와
함께 살고 있는 것

구름을 보다

이렇게밖에 못 살았구나

아홉살 때
할머님 돌아가셨다
열일곱살 때
외할머님 돌아가셨다
스물한살 때
왼손잡이 할아버님 술 취한 채 논두렁에서 돌아가셨다
스물여섯살 때인가
외할아버님 돌아가셨다
서른살 때
아버님 돌아가셨다
예순다섯살 때
어머님 돌아가셨다
일흔다섯살 때 장모님 담배 세대째 피우다 돌아가셨다

이제 어김없는 은혜로 내 차례다 구름이 나를 본다
나도 구름 너머를 가만히 본다

내려가거라
환상회향(還相廻向)

실례하노니

임제야
덕산아
왜 느네들 슬플 줄도 모르느냐
왜 괴로울 줄도 통 모르느냐

일찍이 지지리 가난한 에미 갓난아기로 울었던
느네들이었느니라

느네들 어미
하루 저물도록
큰 돌팍 깨어 작은 돌무지 쌓아올리는 막일로
한푼 두푼 버셨느니라
그렇게끔
느네를 기르셨느니라

임제야

덕산아
구름인 듯 모여든 것들
구름인 듯 흩어
다 내쫓아 돌려보내거라

그동안
느네들의 공적 썩 지대했나니
그놈의 천하권세
그 문자지옥 파옥의 공적
지대하고말고

이제 됐나니
이제 됐나니

이제 느네들도
이 산비탈 속절없이 내려가거라
내려가
저 캘리포니아 금광에 팔려간

늙어빠진 청나라 변발 쿨리들에 이르기까지
그 땅
부처 못 나는 땅
보살 못 나는 땅
그 천한 수렁논 고된 곡식농사 지어보거라
네 할(喝)
네 방(棒)
놔두고 산동 사투리 절강성 사투리로 어서 내려가거라

내 변방은 어디 갔나

두번 세번 부당하구나

삼천리강산이 모조리 서울이 되어간다
오, 휘황한 이벤트의 나라
너도나도
모조리 모조리
뉴욕이 되어간다
그놈의 허브 내지 허브 짝퉁이 되어간다

말하겠다
가장 흉측망측하고 뻔뻔한 중심이라는 것 그것이 되어
간다

서러웠던 곳
어디서도 먼 곳
못 떠나는 곳
못 떠나다
못 떠나다

기어이 떠나는 곳
내 마음의 개펄 바닥
해거리 명자꽃이 똑똑하던 곳
10년 전과
10년 후가 같았던 곳
어머니의 흐린 경대
거기 계신
한번도 본 적 없던
증조할머니도
못 본 고조할아버지도 함께 살던 곳
아버지쯤이 아득한 과거인 낱들
꿈에도 없는 곳
무식한 아버지
묵은밭 어둑어둑 갈던 곳
진리가 마을 안에 있던 곳
내가 잠들면 너도 잠드는 곳
죽은 아저씨 살아 돌아오는 곳
소작료 삼칠제로 뼈 빠져버린 곳

눈 뜰 힘 없어 눈 감고 죽는 곳
낮은 콧잔등으로
호된 가난 견디어온 광대뼈로
제사상 앞에 엎드리던 곳
백년대계 따위 소용없는 곳
궂은비 오는 날 끼리끼리이던 곳
누가 죽으면 모두 상주인 곳
김씨도 장씨 숙부이고
갑씨도 을씨 사촌이던 곳
사또나리 오시지 않는 곳
커다란 달밤
누군가가 그 달밤에
식칼 갈아 허공 포 뜨며 번뜩이던 곳
의미가 무의미에 고개 숙이는 곳
두고 온 그곳

내 변방은 어디 갔나

부탁

아직도
새 한마리 앉아보지 않은
나뭇가지
나뭇가지
얼마나 많겠는가

외롭다 외롭다 마라

바람에 흔들려보지 않은
나뭇가지
나뭇가지
어디에 있겠는가

괴롭다 괴롭다 마라

밤길

이 개가 짖는다
저 개가 짖는다
술 깬다
온몸으로 짖는다

술 깬 내 몸이 온몸으로 듣는다
두 눈 뒤집히며
윗이빨 아랫이빨로 하얗게 짖는다
두 귀때기 곧추서서
목덜미 떨어대며
꼬리 꼴려 뻣뻣이 떨어대며
등살로
배때기로 짖는다
갈비로 오장육부로 짖는다

지금 당장 불구대천의 원수로 짖는다

내 술 깬 잰걸음 지나간 뒤까지

짖고 또 짖는다

온 세상에 네놈들뿐
짖고
또 짖는다
그러다가
한 놈 두 놈 그친다
남은 한 놈 끝내 싱겁게 그친다

고요

내 조상의 희로애락 다 떠나간 고요
고요가 짖는다 온몸으로 짖는다 오도 가도 못한다

『어느 바람』 발문
백낙청

이 선집은 고은(高銀) 시인의 고희(古稀)를 축하하고자 엮은 것이다. 고희 기념으로 한권의 선집을 펴내는 일은 어느 경우에나 의미가 있겠지만 고은이야말로 적당한 선집이 절실히 필요한 시인이다. 무엇보다 그는 엄청난 다산성의 작가이기에 독자가 일일이 따라 읽기가 벅차고 그러다보면 아예 안 읽는 경우도 적지 않은 것이다. 실제로 고은은 명망에 비해 개별 시집이 많이 팔리는 편은 아니며, 한두개의 대표작으로 알려진 시인이 아니기 때문에 설문조사 같은 데서도 손해 보기가 일쑤다.

그사이에 『부활』(1975) 등 몇권의 선집이 있기는 했다. 하지만 대개는 절판된데다, 그중 알차다고 할 『나의 파도소리』(1987)를 봐도 새로운 시선집이 필요함을 느끼게 된다. 『네 눈동자』(1988) 이래의 수많은 작품이 원천적으로 제외

되었음은 물론이고, 그전까지만의 작품을 갖고도 470면 가까운 두께라 손쉽게 들고 다니며 애독할 선시집과는 거리가 있는 것이다.

이번 선집에는 최근 시집 『두고 온 시』(2002)까지 십수년의 작업이 추가로 반영되었다. 그 대신 모든 산문과 『백두산』 등 서사시·장시는 물론, 『만인보』 연작도 제외함으로써 짐을 덜기로 했다. 짐을 던다고 덜었어도, 이시영(李時英)의 계산에 따르면(디지털창비 http://www.changbi.com '웹매거진' 중 '대화: 이시영 VS 고은' 참조) 이제까지 고은이 간행한 순수 단행본 시집만 스물아홉권인데 『고은시전집』 1·2(1983)에는 시집에 안 실은 작품도 수록되었으니, 짧은 시들로 국한하고도 엄청난 분량이다. 그 많은 시들을 어떻게 다 새로 읽고 한권을 추려 엮을 것인가?

이 현실적인 문제를 해결하면서 시인의 고희를 더욱 뜻깊게 기념하는 방법으로 이 선집은 독특한 선정방식을 택했다. 김승희(金勝熙), 안도현(安度眩), 고형렬(高炯烈), 이시영 네명의 시인이 시기별로 분담하여 일차 후보작을 고른 뒤, 평론가인 필자가 최종 선정을 책임지기로 한 것이다.

물론 이 방식이 다 좋은 것만은 아니다. 결과에 불만인 독자는 책임소재마저 분명치 않다고 느낄 터이며, 나 자신 평소에 애호하던 시를 못 넣게 된 아쉬움이 없지 않았다. 하지만 내게 넘어온 목록에서만도 뽑고 싶은 시들은 넘치도록 많았고, 어차피 누가 고르든 선자 자신조차 이런저런 불만을 갖게 마련인 게 사화집 엮기가 아닌가. 애초에 비교적 나이 든 후배가 앞장서는 것이 잔치에 합당하다고 보아 최종 선정이 내게 맡겨진 것이니만큼, 일차 후보작에 대한 선정자의 판단을 철저히 존중하는 것이 협동작업의 의미를 살리면서 잔치 기분을 한층 돋우는 길이라고 보았다.

따라서 이 책 1~4부는 네 분의 동역자가 각기 골라놓은 작품 중에서만 최종 수록시를 뽑았다. 대본 역시 그들이 사용한 것을 무조건 따랐다. 이 점은 고은 시를 논의할 때 중요한 사항인데, 저자는 새로 수록하는 기회가 날 적마다 자기 시에 손질 ― 때로는 대폭적인 손질 ― 을 하는 걸로 알려져 있다. 이는 자기 시든 남의 시든 외우는 것이 없음을 공언하며(앞의 '대화: 이시영 VS 고은' 참조) 자기 시의 단일한 '정본(定本)'을 확정하는 일에 무관심한 기질의 표현이겠지만, 아무튼 편자로서는 어떤 대본을 이용했는지를 명기할 의무를 띠게 된다.

일차 선정자와의 협동이라는 원칙에서 벗어난 유일한 예외는, 네 시인의 역할배정이 끝난 뒤에 출간된 『두고 온 시』에서 뽑은 제5부 여섯편이다. 시집이 나왔다는 당연한 사실 말고도 나로서는 이 시집을 꼭 대상에 넣고 싶은 이유가 있었다.

무엇보다도, 저자가 고희를 맞은 지금도 절정의 기량을 뽐내는 현역시인이라는 증거를 대할 기회였다. 동시에 고은의 시세계를 전형적으로 보여주는 시집인 면도 있다. 『두고 온 시』 1, 2부의 제목이 각기 '순례 시편'과 '작은 노래'인데, 고은 시의 전부는 물론 아니지만 본질적인 어떤 특징들을 집약한 표현이 아닌가 한다.

그중 불교의 게송(偈頌) 또는 선시(禪詩)의 전통을 이은 '작은 노래' 계열은 단시집 『여수(旅愁)』(1970, 『세노야 세노야』 중 단시모음) 이래 고은 득의의 성취로 자리잡았으며, 『뭐냐: 고은 선시(高銀禪詩)』(1991)의 영역(및 불역)본 간행을 계기로 서양 시단에서도 주목받게 되었다. 다만 이 선집에서는 '작은 노래'의 선정을 자제했는데, 『가야 할 사람』(1986) 『뭐냐』 『순간의 꽃』(2001) 등이 이미 반영되었고 『네 눈동자』(1988)에서 「바람 시편」 열두점을 전부 수록했기 때문이다. (다만 『여수』에서 한편두 못 실은 게 못내 아쉽다.)

'순례 시편' 중 많은 것은 최근에 부쩍 잦아진 저자의 해외여행 경험을 담고 있다. 사실 고은에게 방랑과 여행은 젊은 날로부터 체질화된 삶의 방식에 가까웠다. 해외여행의 기회가 주어진 것은 그의 나이 오십대 중반에 가서였지만, 중요한 것은 국내외를 막론하고 여행이 단순한 '관광'이 아니라 (이 책 144면 「관광객」 참조) 정신의 모험이요 순례가 되는 일이다. 동시에 「카리브 바다에서」(340면)가 보여주듯 낯선 곳에서 얻은 근본적인 반성이 새로운 귀환으로 이어지는 일이다. 『두고 온 시』에서도 고은 시의 그러한 면모가─『남과 북』(2000)이나 『히말라야 시편』(2000)에서와 마찬가지로─생생히 살아 있음을 나는 선집의 독자에게 상기시키고 싶었다.

정작 선정된 시 중에서 해외경험을 직접 다룬 경우는 그러나 「카리브 바다에서」와 「죽은 시인들과의 시간」 두편뿐이다.(후자는 해외의 어느 장소를 노래했다기보다 외국의 국제시인대회에서 주제에 맞춰 즉흥적으로 써낸 작품인데, 그곳과는 거리가 먼 히말라야 여행의 체험이 새 주제와 융합되어 독특한 경지를 개척하고 있다.) 초점은 어디까지나 정신의 순례이며, 시인의 이런 탐구가 꾸준히 지속되며 다양하게 변주되는 양상을 단편적으로나마 확인할 수 있을 것이다.

선집 제목 '어느 바람'도 시인의 이런 면모에 주목하며 편자들이 붙인 것이다. 80년대 초의 명편 「자작나무숲으로 가서」(113면)의 창조적 변주라고 할 「숲의 노래」(318면)에서 암시를 얻은 제목이다.

아무튼 이렇게 엮은 132편─또는 「바람 시편」 12점과 「순간의 꽃」 8점을 하나씩 따로 계산하면 150편─이 시를 좋아하는 독자라면 누구나 애장하고 애송할 한권의 시

집이 되었으면 한다. 아울러 시인의 방대하고 다양한 시세
계를 비교적 충실하게 반영했기를 바란다. 물론 140여편은
고은의 짧은 시들 중에서도 극히 일부에 지나지 않는데다
가, 앞서 말했듯이 서사시·장시와 더불어『만인보』열다섯
권(1986~97)이 처음부터 배제되었음을 상기할 필요가 있다.
후자는 짧은 시들의 연작이므로 선집에 얼마든지 포함될
수 있는 형식이며, 서사시·장시의 경우도 전편이 포함될
수는 없다손치더라도『백두산』(1987~94)이나『머나먼 길』
(1999) 같은 작품에서 빼어난 대목들을 발췌 수록함으로써
선집을 더욱 빛나게 하는 일이 얼마든지 가능했다. 간편한
한권을 만들기 위한 편법으로 제외되었을 따름이다.

　따라서 이 선집이 고은 시의 '전모'를 짐작하기에는 턱없
이 모자란다. 그러나 대체로 발표연대순으로 배열된 선정
작들을 읽다보면 그의 시세계의 다양성과 더불어 어떤 일
관성을 느낄 수 있고, 언젠가 나 자신이 '변모와 성숙'이라
는 표현을 썼듯이(「한 시인의 변모와 성숙」, 졸저『민족문학과 세계문
학 II』, 창작과비평사 1985) 뚜렷한 발전의 과정을 감지할 수 있
으리라 본다.

　그렇다고 그의 초기시들이 한마디로 미숙하다는 말은 아
니다. 말초적인 감각과 아리송한 표현에 탐닉한 작품도 적
지 않지만, 첫 시집『피안감성(彼岸感性)』(1960)에서 여기 뽑
은「심청부(沈淸賦)」만 해도 심청 주제에 대한 시인의 끈덕

진 관심을 예고할뿐더러 뒷날『새벽길』(1978)의 「인당수(印塘水)」로 이어지는 힘찬 가락을 일찌감치 들려준다. 또한 『해변의 운문집』(1966)과 『신·언어 최후의 마을』(1967)에서 「제주만조(濟州滿潮)」「해연풍(海軟風)」「저녁 숲길에서」등을 통해 선보인, 긴 시행(詩行)을 유려하게 구사한 감각적이면서도 명상적인 시들은 저자의 이 시기에나 만날 수 있는 독특한 성취라 생각된다. 그런가 하면 「슬픈 씨를 뿌리면서」같은 작품은 「해연풍」의 '노래' 주제를 받아 국토사랑·겨레사랑이 한층 절절히 표현되는 뒷날의 「임종」「화신북상(花信北上)」「아리랑」「우리나라 음유시인」 등으로 연결짓고 있다.

1970년대에 세상 사람을 놀라게 한 고은의 변모는 그전까지 탐미주의·허무주의의 시인으로 알려져온 그가 74년 초 동료문인 석방운동을 시발점으로 반독재 민중운동의 투사로 나선 일이다. 시인 자신의 술회에 따르면 실은 그의 각성이 1970년 전태일 분신사건을 계기로 이미 시작되었다는데, 70년대 초엽의 작품을 모은 『문의마을에 가서』(1974)에서 이미 시적 변모가 감지된다는 점에서 그 주장은 신빙성이 있다. 아니, 예의 탐미주의자나 허무주의자로서의 명성, 그리고 이에 수반되는 갖가지 기행(奇行)도 참담한 현실에 대한 남다른 감수성과 적응 불능의 체질을 반영했던 것이라고 볼 수 있다. 전투적인 사회참여시는 『새벽길』에

서 절정을 이루지만 이것이 초기시와의 느닷없는 단절이라
기보다 『문의마을에 가서』와 『입산』(1977), 그리고 『고은시
전집』 2권에 수록된 '입산 이후' 대목의 과도기적 시편들을
거치는 완만한 변화를 보이면서 이 시기 특유의 성과를 남
기는 것도 그 때문일 것이다.

그런데 돌이켜보면 『새벽길』의 작업 자체가 하나의 과도
기로 비친다. 시대적 문제에 대한 적극적 개입은 이후로도
고은 시의 중요한 특징으로 남지만, 세번째 출옥 이후 안성
(安城)에 정착한 뒤 『고은시전집』 두권을 정리하고 『조국의
별』(1984) 등 신작시집을 잇달아 펴내며 『만인보』와 『백두
산』의 집필에 힘을 쏟은 시기야말로 고은 본래의 예민한 감
수성과 활동가로서 단련된 사회의식이 드디어 행복한 결합
을 이룩한 때라고 말할 수 있다.

마침 이 시기는 한국사회의 변혁 열정이 고조되고 전투
적인 '민중시'가 기세를 떨치던 시대라, 고은의 한층 성숙
해진 문학이 오히려 현실로부터의 후퇴라는 비판을 듣는
일도 많았다. 그러나 예컨대 「3월(三月)」(112면)이라는 짤막
한 시에서 보더라도,

마정리 아이들의 노는 소리
저게 요순시절이구나
나는 안다

아이들의 노는 소리가
만세 소리보다 백번이나 귀중한 것을
십년 동안 만세 불러온 나는 안다

근대 이래 죽도록 만세만 불러온 겨레 아니냐

라는 앞부분이 결코 '만세 부르기'를 접자는 말이 아니다.
정말 귀중한 것이 무엇인지를 알고 무엇을 위한 만세를 부
르는지를 제대로 알고 부르자는 것일 뿐이다.

친구야 오늘의 만세가 무엇인가를 나는 안다
너와 나 여기에 두 팔로 태어나서
내일도 또 내일도 두 팔 들어 만세 불러야 할 겨레 아
니냐
동서남북이 하나의 노을인 그날까지
동서남북이 하나인
그날까지 (제3연)

이러한 자기성찰은 때로는 이제까지의 관행에 대한 회의
로, 때로는 새로운 운동을 위한 다짐으로 그 강조점이 이동
하기는 하지만, 이후 고은 시의 중요한 주제를 이루며 이른
바 민중시 ― 그것이 고은 자신의 것이든 남의 것이든 ―

의 수준을 검증하는 하나의 잣대를 이룬다. 1980년대의 작품 중 『그날의 대행진』(1988)에 수록된 집회 및 행사용 시가 이 선집에 한편도 안 오른 것 또한 그 잣대에 따른 것이다.

1990년대에 고은의 시세계가 다시 어떤 획기적인 전환을 겪었다고 보기는 어렵다. 한편으로 『눈물을 위하여』(1990)에서 『속삭임』(1998)에 이르는 여러 시집을 통해 절정의 수준을 유지하는 수많은 시를 썼는가 하면, 개중에는 스스로 개척해놓은 영토에 안주하는 듯한 작품도 있었고, 『만인보』의 경우는 이 시기에 발표한 13~15권이 유년기 또는 청소년기에 알던 사람을 소재로 삼은 전편들에 비해 긴장이 덜한 것이 사실이었다.

그러나 문단의 대세와 관련해서는 고은이 또 한번 미묘한 긴장 속에 살았음이 드러난다. 한국문학의 90년대는 국내외적 정치·사회 현실의 변화에다 80년대 문학의 과격성에 대한 반발이 겹쳐, 경박한 감각주의와 언어유희의 시들이 주류로 복귀하는 분위기였다. 이런 풍토에서, 생경한 전투성에 대한 자기비판을 일찌감치 수행하고서도 여전히 날카로운 시대인식을 견지하면서 특유의 달변과 감수성을 자랑하는 고은의 작업은 쉽게 부인할 수도, 그렇다고 유행에 편입할 수도 없는 상대였다.

　여기저기 산수유꽃이시어라

추운 바람 속
이미 봄이옵나니

그것도 모르고 기다리던 봄이시라면
제 마음 가득히 여든살 아흔살도 헛되옵나니

이런 봄 첫걸음에 점심 굶는 어린이 있사옵나니

─「산수유」 전문

『눈물을 위하여』에서 따온 이 시는 「3월」의 자기반성을 이어받으면서 "점심 굶는 어린이"라는 진부하다면 진부한 현실고발에 위력을 실어준다. 『뭐냐』 등에서 독특한 선시(禪詩) 작업에 착수한 것도 이런 자세의 표현인데, 시인이 회갑을 맞은 해에 지적했던 점이지만 선적(禪的)인 것과 리얼리즘적인 것의 결합은 1990년대에 이르러 더욱 현저해진 고은 시의 특성이다(졸고 「선시와 리얼리즘」, 신경림 외 엮음 『고은 문학의 세계』, 창작과비평사 1993). 이번 선집에는 명시적인 사회적 발언을 겸한 선시가 덜 실린 것이 아쉽기는 하다. 그러나 「성철 스님 각령으로부터」(224면)나 「가야산」(251면) 같은 작품을 보더라도 생활현실과 동떨어진 선문답에 대한 저자의 따가운 비판의식이 잘 드러난다.

1990년대 고은 시의 성취에 기복이 있음을 염려하던 독자라면 2000년대 들어 그가 잇달아 간행한 『남과 북』『히말라야 시편』『순간의 꽃』 그리고 『두고 온 시』를 읽으며 그런 염려의 부질없음을 확인했을 것이다. 특히 『남과 북』은 처음으로 한반도 북녘을 다녀온 경험을 토대로 남과 북의 여러 고장을 ― 『만인보』에서 인물을 주로 다루었듯이 ― 노래했는데, 남북의 독자가 공유함직한 민족문학을 위해 새 영역을 개척한 시집이다. 고장의 모습들에 비해 상대적으로 인기척이 드문 감이 있으나, 이는 한편으로 북에서 인물 접촉의 제약 때문에, 다른 한편으로는 통일사업의 일꾼으로 나서고자 하는 이로서의 조심성 때문에 그리 된 바 없지 않을 것이다. 그런 중에도 「평양」(270면)이나 「단군릉」(290면) 같은 작품을 보면 일찍이 「국화」(158면)에서 보여주었던 비판의식이 은근히 작동하고 있음이 감지된다.

물론 앞날에 대한 궁금증은 남는다. 우선 『남과 북』의 연장선상에서 떠오르는 질문이지만, 이제 6·15 공동선언으로 남북의 교류가 한층 활발해진 새로운 국면을 맞아 분단체제 극복작업에 좀더 구체적으로 개입하는 민족문학의 고전들을 써낼 것인가? 십중팔구 지속될 시인의 해외 도처로의 순례에서 『히말라야 시편』이나 『두고 온 시』의 성취를 반복만 하지 않는 또 한 차례의 전진을 보여줄 시들이 나올 것인가? 지난날로 되돌아가 1950년대 전쟁기에 알았던 사

람들을 다룰 참이라는 『만인보』 16권 이하는 어떤 모양새
가 될 것인가? 그리고 시인 스스로 "사실은, 내 허영은 서사
에 있죠. 굳이 내게 콤플렉스가 하나 있다면 호메로스 콤플
렉스가 있습니다"('대화: 이시영 VS 고은')라고 토로했지만, 과
연 이 '콤플렉스'를 극복할 고유의 서사시 형식을 창조할
수 있을 것인가?

　오로지 향후의 작품만이 이런 질문들에 답해줄 수 있음
은 물론이다. 그러나 거의 반세기에 걸친 고은의 기존 작업
만으로도 그가 우리 문학사의 우뚝한 존재가 되었음을 인
정하는 것은 그것대로 중요하다. 첫째, 다작 자체가 미덕은
아니지만 훌륭한 작품을 풍성한 분량으로 써낸다는 것은
대시인의 필요조건의 하나인데, 그 점에서 고은은 정지용
(鄭芝溶), 백석(白石), 김수영(金洙暎)이나 신동엽(申東曄) 같
은 애석한 이름들과 구별된다. 아니, 장수와 다작의 시인으
로 곧잘 칭송되는 미당(未堂) 서정주(徐廷柱)를 쉽게 넘어선
다. 실제로 서정주의 경우, 여든살이 넘도록 현역시인으로
남았던 점은 장한 일이나 『떠돌이의 시』(1976)와 『학이 울고
간 날들의 시』(1982) 중 일부를 빼고 나면 환갑 지난 뒤의 창
작은 대부분 긴장이 풀린 '관광객'의 기록이나 객담에 가까
운 것들이다.

　그러나 미당의 행적에 대한 논란을 일단 젖혀둘 때 서정
주와 김수영을 각기 고은과 비교해보는 것이 후자의 시세

계를 자리매기는 데 도움이 될 수 있을 듯하다. 김수영에 비하면 고은의 시가 확실히 접근하기가 수월코 그런 점에서 한층 대중적이다. 때로는 김수영만큼 치밀한 운산이 부족해서 그렇기도 하지만, 둘다 달변의 시인이요 속도감의 시인이며 "고지식한 것을 제일 싫어하는 말"(김수영「말」)의 신봉자이면서도 고은에게는 오히려 미당을 연상시키는 토속적인 정취와 향토에 대한 본능적인 애착, 넉넉하고 더러는 능청스러운 어법이 있어 친근감을 더해주는 것이 사실이다.

하지만 근작「사과꽃」(337면)을 예로 들더라도, 김수영보다 덜 난해하다뿐이지 그 사상이나 가락 모두 김수영과 통할지언정 서정주로서는 근접할 수 없는 경지이다.

　　있어야 할 날들이었다
　　하루가 가고
　　하루가 가고
　　이 누리 앞과 뒤
　　그렇게 있어야 할 날들이었다　(1연 앞부분)

지난날에 대한 고통스러운 되새김과 힘겨운 긍정으로 시작하는 이 시는 3연에 이르러 갑작스러운 비약으로 '사과밭'이 나타난다.

　　전체도
　　개인도 그다음은 똑같이 지옥의 길 아니고 무엇이었
던가

　　그러나 있어야 할 날들이었다
　　긴 밤 지나
　　대낮은 얼마나 허망한가
　　사과밭이다 (2~3연)

　　이어서 "사과꽃이 피었다/참으로 먼 데까지 왔다/(…)/
지난날 항쟁의 밤같이 박수 소리가 살아났다 온통 하얗다"
라는 4연을 통해 독자는 이 사과밭에 만발한 꽃들이 곧 괴
로웠지만 반드시 있어야 했던 항쟁의 날들이 이룩한 빛나
는 성과임을 안다. 그런데 바로 다음 연에서 이 성과는 '진
리'의 차원으로 격상되는 동시에 바로 진리이기에 항구적
이고 절대적일 수 없다는 역설을 낳는다.

　　진리 이후에는 다른 진리가 있다
　　사과꽃에 너무 사로잡히지 말라
　　(…)

사과꽃이 일제히

바람에 날리고 있다

아 그렇게도 꿈꾸던 자유는 낙화였구나

활짝 열려

열리자마자 쾅! 닫혀

흩어진 자의 꽉 찬 고독들

저물어버린 하늘 속에서 떨고 있다

이 세상에는 더 많은 미지의 암흑이 있어야 한다

밤이 도둑처럼 왔다

별빛 아래

저쪽까지 밤새도록 사과밭이다 (제5~6연)

그리고 나서 "사과꽃 졌다/사과꽃 졌다" 되풀이하는 두 줄로 끝난다. 이 결말이 "지옥의 길"을 거쳐 드디어 만개한 사과밭에 도달했음을 의기양양해서 누래하는 게 아니듯이 단순한 환멸이나 '인생무상'을 설파하는 것도 아니다. 어렵게 피운 꽃이라고 집착하는 사람에게는 이 또한 낙화에 불과함을 오금을 박듯이 말해주지만, 피워낸 꽃이 지는 것은 "더 많은 미지의 암흑"을 향한 새로운 열림이며 진리 또한 '불립문자(不立文字)'의 진여(眞如)가 아닌 한 양면적이고 상대적임을 일깨우고 있는 것이다.

이렇듯 가위 김수영적인 역설과 함축성을 구사하면서도

이 시는 일반독자가 따라갈 수 있는 일정한 서사구조를 지닌데다가, 6월항쟁까지의 ─ 아니 6월항쟁 이후로도 ─ 고통스럽게 지속된 싸움에 동참했던 모든 사람의 가슴에 다가오는 정서적 호소력을 자랑하기도 한다. 이것이 과연 고은이 '고지식한 것'을 김수영보다 덜 경계한 결과일까? 선적인 것에 대한 그의 일관된 추구를 상기하건 시 자체의 언어를 보건 그러한 혐의에는 무게를 두기 힘들다. 오히려 선시와 리얼리즘의 회통(會通)을 이루며 "고지식한 것을 제일 싫어하는 말"에 대중적인 친근감마저 부여하는 최고의 시적 작업에서 김수영보다 한 발 더 나아간 증거라 보아야 옳을 것이다. 일찍이 김수영이 선배로서 "대성(大成)하라"고 부탁했던 시인은 김수영이 기대한 "한국의 쟝 쥬네"(『김수영전집』 2, 민음사 1981, 315면 '高銀에게 보낸 편지')가 아니라 외국에도 없는 고은 자신으로서 그 당부를 우여곡절 속에서나마 착실하게 이행해온 것이다.

　그러한 고은이 칠십을 맞아서도 여전히 젊다는 사실이 못내 고맙고 든든하다. 이 한권의 선집이 시인과 독자를 한층 가깝게 하여 독자의 삶을 살찌움과 동시에 시인의 간단없는 정진에 기운을 보탤 수 있기 바란다.

편자 후기

고은 시인의 팔순을 맞아 그의 칠순 기념으로 냈던 시선집 『어느 바람』(창비 2002)을 증보해서 간행키로 했다. 『어느 바람』의 편성방식은 좀 특이했다. 네명의 후배 시인이 각기 특정 시기의 고은 시집을 대상으로 후보작을 일차 선정했고 이를 토대로 그들보다는 연배가 높은 내가 최종 수록작품을 확정하는 방식이었다. 일관된 사화집을 만드는 최신의 방법이 아닐 수 있지만, 선정작업의 짐을 분담하는 동시에 합동으로 시인의 성취를 기리는 의미도 있었다.

증보판 『마치 잔칫날처럼』을 꾸리면서도 시인 박성우(朴城佑) 형이 일차 선정을 맡아주었다. 『어느 바람』이 대상으로 삼은 마지막 시집 『두고 온 시』(2002) 이후로 저자는 『늦은 노래』(2002) 『부끄러움 가득』(2006) 『허공』(2008) 『상화 시편』(2011) 『나의 변방은 어디 갔나』(2011) 등 서정시집만도

다섯권을 출간했기에 내게는 누군가의 도움이 절실한데다, 합동 헌정의 규격을 유지하고 싶었기 때문이다.

그러나 한두가지 달라진 점도 있다. 우선 기왕에 『어느 바람』이 망라한 시집들에서도 저자 자신의 의견을 반영해서 30여편을 추가했다. 다만 저자나 편자나 아쉬움을 달래기로 치면 한정이 없겠기에 결국은 나의 취향과 판단에 따라 선별할 수밖에 없었다. 『두고 온 시』 이후의 다섯권에서도 박성우 시인의 추천 외에 저자의 의향을 감안했는데 이 경우에도 나의 책임 아래 54편을 최종적으로 골랐다. 모두 합쳐 240편(「바람 시편」 12점과 「순간의 꽃」 9점 포함)으로 『어느 바람』의 150편에 비해 크게 늘어났다. 덕분에 근년의 역작들이 비교적 풍부하게 수록되었을 뿐 아니라 최초 발표작 「폐결핵」 등 많은 독자에게 친숙한 초기작품들을 거의 다 만날 수 있게 되었다.

반면에 '간편한 한권'을 만들려는 『어느 바람』의 의도와는 거리가 멀어졌다. 이것저것 넣다보니 불가피하게 그리 된 것이라기보다 고은의 방대한 시세계의 맛을 보려면 최소한의 양(量)도 필요함을 실감했기 때문이다. 다만 "시를 좋아하는 독자라면 누구나 애장하고 애송할 한권의 시집"(469면, 이하 이 책 면수)에 대한 소망은 버리지 않았기에 서사시, 장편 연작시 들을 여전히 제외하고 한권으로 국한하였다.

초판 발문 끝머리에 나는 "고은이 칠십을 맞아서도 여전히 젊다는 사실이 못내 고맙고 든든하다"(481면)고 썼다. 이는 당연한 덕담을 넘어 그의 왕성한 활동이 팔십, 구십까지도 이어지기를 바라고 기대하는 발언이었다. 10년이 지난 오늘 그러한 바람과 기대가 결코 헛되지 않았음을 많은 이들이 인정하리라 믿는다. 물론 당시 내 나름으로 주문했던 것 중에 여전한 숙제로 남은 것도 있다. 그중에는 고은 "고유의 서사시 형식을 창조"(477면)하는 일이라든가 "분단체제 극복작업에 좀더 구체적으로 개입하는 민족문학의 고전들"(476면)에 대한 기대도 포함되었는데 주문 자체가 해석하기 나름이긴 하지만, 아직 만족하지 못하는 독자가 있을 법하다.

그러나 그사이 『만인보』가 15권을 더하여 전30권으로 완결된 성취 앞에서는 누구나 경탄을 금하기 어렵다. 한국전쟁기를 다룬 16~20권(2004), 4·19혁명을 다룬 21~23권(2006), 주로 선승들과 불교계 이야기로 된 24~26권(2007), 그리고 5·18 광주민주항쟁의 기록에 해당하는 27~30권(2010)이 모두 시인의 칠십대에 씌어진 것이다. 물론 이들 작품군 사이에 높낮이가 없지 않고 같은 작품군 안에서도 개별 시편에 대한 독자의 선호는 다양할 것이다. 나 자신의 개괄적인 독후감을 말한다면, 21~23권의 '혁명시편'(염무웅의 명명)의 경우 혁명의 와중에 숨진 수많은 사람들을 하나

하나 기록하고 추모하려는 의지가 더러 본연의 시적 충동을 압도하는 느낌이다가, '불교시편'에서 전혀 다른 세계를 펼쳐 보인 뒤, '항쟁시편'에서의 기록과 추모 작업으로 다시 돌아왔을 때는 훨씬 진한 감동과 착실한 시적 성취를 보이며 대작에 어울리는 마무리를 해낸다는 생각이다. 아무튼 『만인보』는 끝났으되 끝나지 않은, 시인 자신의 말대로 "30권의 완간은 만인보의 끝을 뜻하지 않는"(고은 「만물 혹은 만인」, 『창작과비평』 2010년 여름호, 318면) 하나의 거대 현상이며, 저자 스스로 다른 야심을 가졌는지는 모르나 '고유의 서사시 형식'도 『만인보』를 통해 창조했다고 말할 수 있다.

이번 선집의 직접적인 내용을 제공한 지난 10년의 짧은 시들에 대해서도 자세한 소개나 본격적인 비평을 시도할 생각은 없다. 단지 나 자신의 지속적인 관심사를 중심으로 한두 마디 덧붙일까 한다. 그중 하나가 '선적(禪的) 요소와 리얼리즘적 요소의 결합'인데, 나는 이것이 고은의 시세계에 두드러진 미덕인 동시에 '시적인 것'을 규정하는 한가지 방법일 수 있음을 강조해왔다. 선은 원래 "그놈의 천하권세/그 문자지옥 파옥의 공적/지대하고말고"(「내려가거라」, 457면)였지만, 자칫 민중의 삶으로부터 동떨어져 또다른 격식으로 변할 위험을 안고 있다. 그런가 하면 구체적인 현실에 반응한다는 '리얼리즘'의 충동도 단순한 사실주의나 사

회비평을 넘어 '시'의 경지에 이르려면 선적인 깨달음을 향
해 열려 있어야 한다.

> 밤마다 붉은 십자가들이 호언장담이었다
> 천당이 가까웠노라고
> 나도 덩달아 수원 남문 밖에서
> 분홍 돼지 삼겹살 안주 앞에서
> 소주잔
> 거푸 받으며 호언장담이었다
> 흥흥한 밤의 프리드리히 빌헬름 니체였다
>
> 돌아오는 길
> 몇억만마리 죽은 돼지 디오니소스들이
> 오늘 밤의 꽉 찬 어둠인 것을 뒤늦게 알았다
> 지혜는 후회이다
> 모든 종교는 가라
> 분홍 돼지의 무덤만 남고 다 가라
> ──「호언장담하고 돌아오며」 마지막 두 연(346~47면)

　　근년의 고은 시 가운데는 「비닐봉지」나 「4행의 노래」처
럼 선시집 『뭐냐』에 포함됨직한 작품도 많지만, 전혀 다른
성격의 「달래 4대」(394면)도 사실은 특별한 깨우침을 안겨

주는 시다. 작품의 전반부에서 시인은 집에서 기르는 달래
라는 개의 내력을 담담히 소개한 뒤 이렇게 술회한다.

내가 사람이고
달래가 개인 것
이것이
나를 견딜 수 없게 한다
그래서
앞으로 한 십년쯤
내가 달래가 되고
달래가
고은이 되는 꿈을 와장창 꾼다

요컨대 이 지옥 천당으로서의 나 말고
다른 무엇 되고 싶은 것
아니
달래가 되고 싶은 것

허나 달래는
추호도 고은이 되고 싶어하지 않는다 꼬리 친다
이런 달래의 삶 속에 들어가고 싶은 것

어림없구나

—「달래 4대」뒷부분

　이런 시를 읽으며 떠오르는 또 한가지 생각은 이른바 미래파 시인·평론가들이 비판하는 '전래의 서정' 내지 '서정의 권위' 문제다. 고은의 많은 작품은 적어도 미래파의 시와 비교할 때 '전래의 서정'을 훨씬 닮았으며 시적 주체의 목소리에 권위가 실리기 일쑤다. 나는 권위도 권위 나름이라는 주장을 펼친 바 있는데(「외계인 만나기와 지금 이곳의 삶」, 졸저『문학이 무엇인지 다시 묻는 일』, 창비 2011, 16~17면), 달리 표현하면 서정적 자아 그 자체가 문제라기보다 선적인 자아해체의 발언이라도 그것이 리얼리즘을 등졌을 때나 사회현실에 대한 성찰이 선적인 요소를 결여했을 때, 표면적 형태가 어떤 것이든 낡은 서정이 되고 서정의 나쁜 권위를 행사한다고 할 수 있을 것이다. 「달래 4대」만 하더라도 내놓고 고은 자신의 이야기를 하며 인간의 삶과는 전혀 다른 존재양태를 꿈꾸고 있으나, 마지막 두 연을 거치면서 홀연히 시의 경지에 도달한다. 특히 달래는

추호도 고은이 되고 싶어하지 않는다 꼬리친다

라는 익살 섞인 인정이 갑자기 길어진 시행을 통해 각인됨

으로써 얼핏 단정적으로 보이는 짧은 한 줄짜리 마지막 연 "어림없구나"에는 쉽게 단정할 수 없는 복합적인 감정이 실리는 것이다.

고은의 최근 시집은 작년에 동시 간행된 『상화 시편』과 『내 변방은 어디 갔나』이다. 전자는 아내에게 헌정했을 뿐 아니라 노시인의 아내와의 사랑을 실명으로 노래한 시가 그득하다는 점만으로도 그 유례를 찾아보기 힘든 시집이다. 도대체 이런 단행본의 출판 자체가 내용과 무관하게 권위적인 서정의 행사에 다름 아니라고 느끼는 독자도 있을 법하다. 하지만 중요한 것은 시집의 내용이며, 한편 한편 검토할 때 시의 영역을 끊임없이 확장하려는 고은 시의 특성이 살아 있음을 확인하게 된다. 그 정서도 다양하여, 「꽃모종」(408면)처럼 아내뿐 아니라 남편과 온 세상이 함께 거룩해지는 사랑노래가 있는가 하면("비오신 땅님께서 하늘님인 양 높으셨다 더 어린 꽃님들 그보다 높으셨다"), 너무 크고 거룩할 것만 아니라

이런 오늘과 내일 사이로
시시한 날
시시한 사랑일 것

바라건대 내 사랑이
한국에서 가장 시시한 사랑으로 낙후되고 말아야 할 것
꼴찌 포구의 한 쌍 갈매기 그것일 것
　　　　　　　——「시시한 날」마지막 두 연(421면)

이라고 다짐할 줄도 안다.

　『내 변방은 어디 갔나』도 내용이 다양하지만 온세상이 "가장 흉측망측하고 뻔뻔한 중심이라는 것"(「내 변방은 어디 갔나」, 459면)이 되어가는 우리 시대에 대한 개탄이 한층 격렬해진 느낌이다. 그러나 복고주의는 아니다. "의미가 무의미에게 고개 숙이는 곳/두고 온 그곳"이라는 대목에서 보듯 무슨 '주의'로 이름붙일 성질이 아니고, 의미와 무의미를 근본부터 다시 생각해볼 때임을 일깨워준다. 「경부고속도로 하행」(440면)에서 도처에 고층아파트 마구 솟아오르고 "산소 부족으로 발딱이는" 세월에 아직도 수도권에조차 논이 있다는 사실에 감동하면서 상기하는 것도 지난날의 농촌풍경과 함께 "기미년 만세 소리"다.

　　연이(然而)
　　경기평야
　　아직도 간간이 논 남아
　　모심은 논

개구리 소리

먼먼 기미년 만세 소리 자오록이 들리는 듯하군

기막히군

──「경부고속도로 하행」 마지막 두 연

"외롭다 외롭다 마라//(…)//괴롭다 괴롭다 마라"(「부탁」, 464면) 하는 시인의 충고가 진정한 권위를 지니는 것도 「경부고속도로 하행」이나 「내 변방은 어디 갔나」뿐 아니라 「태백으로 간다」 「나의 삶」 「시에게」 등에서 만나는 시대현실에 대한 치열한 성찰 끝에 나온 것이기 때문이다. 다만 나이 팔십에 반세기가 넘는 시단 경력을 지니고도 여전히 젊은 시인을 상대로 더 욕심을 부린다면, "흉측망측하고 뺀뺀한 중심"에 맞서 '변방'을 끝내 지켜내면서 나아가 자신이 태어난 고장과 나라가 "여기가 좋겠어"(「동시발화」, 411면)라고 할 만한 처소가 될 희망도 동시대인들에게 좀더 실감나게 안겨주었으면 하는 것이다.

시인이 성취한 위업을 치하하며 변함없는 건강과 멈출 줄 모르는 전진을 기원한다.

2012년 10월

백낙청 삼가 씀

1933년 8월 1일 전북 옥구군(沃溝郡) 미면(米面) 미룡리(米龍里) 용둔 부락(龍屯部落, 현재 군산시 미룡동 138-1)에서 출생. 아버지 고근식(高根植), 어머니 최점례(崔點禮)의 장남. 본명 고은태 (高銀泰). 한국전쟁 와중에 끝자를 떼어내고 '은'이라고 칭한 것이 오늘에 이름.

1942년 9세 서당에서 한학(漢學)을 익힘. 대길이라는 이웃 머슴에게 서 한글을 배움. 고향 사람들에 대한 기억은 이후『만인보』 등에 등장하기도 함. 고전소설 및 연애소설을 읽음.

1943년 10세 미룡국민학교 입학. 창씨개명의 이름은 타까바야시 토 라스께(高林虎助). 조선어 수업이 폐지되고 일본어 수업만 이 루어짐. 그림과 작문에 취미. 장래 희망을 천황(天皇)이리라고 말했다가 곤욕을 치름.

1945년 12세 해방이 되자 4학년으로 월반. 친일파 교장을 몰아내자는 동맹휴학에 주동자로 참가.

1946년 13세 군산사범학교에 응시. 성적은 우수했으나 동맹휴학 사 건으로 전북 교육위원회에서 작성한 블랙리스트에 올라 낙 방함.

1947년 14세 군산중학교에 수석으로 입학. 학내의 정치 분위기로 학업에 뜻을 잃고 2학년부터는 미술부에 들어가 그림에 열중함.

1949년 16세 하교길에 『한하운 시초(韓何雲詩抄)』(정음사)를 우연히 주워 읽은 이후 시인이 되겠다고 결심함.

1950년 17세 전쟁 시기 참혹한 보복학살 사건들을 겪으면서 받은 충격으로 정신의 상처가 심각한 상태.

1951년 18세 1·4후퇴 이후 부산행 피난선을 타지만 뱃멀미로 인해 서해 고군산군도의 선유도에 정착. 전선이 교착상태에 이르자 군산으로 돌아옴. 미군 제21항만사령부 운수과에 검수원으로 취직. 최초로 자살 시도, 미수에 그침. 옥구군 대야(大野)에서 엿장수 생활. 다시 자살 시도, 미수. 불심검문에 걸려 구속 송치되었다가 불기소 처분으로 한달 만에 풀려남. 친척이 설립한 군산북중학교에 국어 및 미술 교사로 특채, 학교 숙직실에서 자취생활. 이 무렵 군산 부근의 동국사에서 혜초(慧超)라는 승려를 만남. 마침내 학교를 사직하고 출가.

1952년 19세 일초(一超)라는 법명으로 수도생활. 군산에서 '토요동인회'를 이끌던 목련(木蓮) 송기원(宋基元)의 소개로 김수영(金洙暎)에게 작품을 보여주어 격려를 받음.

1953년 20세 혜초가 환속. 통영 도솔암으로 혜초의 스승인 효봉(曉峰) 스님을 찾아가 제자가 되어 상좌생활. 선(禪) 수행과 전국 각처의 절을 떠도는 행각승으로 방랑.

1957년 24세 서울에서 총무원장을 맡게 된 효봉 스님을 따라 상경. 『불교신문』 창간, 초대 주필. 『한산시(寒山詩)』를 번역해서 연재. 비구승단의 대변인으로 활동. 총무원의 간부를 맡고 선학원(禪學院)에 들어감. 강화 전등사 주지.

1958년 25세 「폐결핵」을 한국시인협회 기관지에 친구가 대신 응모. 이 작품이 조지훈(趙芝薰) 등의 천거로 『현대시』 1집에 발표됨. 서정주(徐廷柱)의 단회(單回) 추천으로 『현대문학』 11월호에 「봄밤의 말씀」 「천은사운(泉隱寺韻)」 「눈길」 등 3편 발표, 문단활동 시작.

1959년 26세 첫 시집 『불나비』(40여편) 출간 준비 중 신문에 광고까지 나간 후 인쇄소 화재로 소실됨. 해인사에서 용맹정진 선 수행에 몰입. 불교와 실존주의 철학을 비교한 논문 「객관성·주관성의 문제」(『문학평론』) 발표.

1960년 27세 4·19혁명으로 절에서 난동이 났는데 거의 혼자 힘으로 수습. 산중회의에서 주지대리로 추대. 첫 시집 『피안감성(彼岸感性)』(청우출판사) 출간.

1961년 28세 종단의 현실에 실망, 평승려로 돌아감. 전국 강연. 최초의 장편소설 『피안앵(彼岸櫻)』(신태양사. 후에 『산산이 부서진 이름』으로 개제) 출간. 선학원에서 등사본으로 『반야심경해의(般若心經解義)』 『불교의 길』 출간. 『한국전후문제시집』(신구문화사)에 14편으로 이루어진 고은편 '은화집(隱花集)' 수록.

1962년 29세 환속. 이 무렵 가짜 고은이 전국에 출몰하여 물의를 빚기도 함.

1963년 30세 자살을 결심하고 목포에서 제주행 배를 탐. 제주에서 생활. 제주시 화북동에 도서관을 설립하고 관장을 맡음. 금강 고등공민학교를 개교하여 무료수업 실시. 교장과 국어, 미술 교사를 겸임하면서 1회 졸업생을 배출할 때까지 근무. 「시인 고은은 왜 환속했나」라는 특집 기사가 실리기도 함(경향신문 8월 5일).

1966년 33세 시집 『해변의 운문집』(신구문화사) 출간.

1967년 34세 제주생활을 끝내고 서울행. 홍릉에 기거. 시집 『제주가집(濟州歌集)』(민음사, 후에 『신(神), 언어 최후의 마을』로 개제) 출간.

1968년 35세 산문집 『인간은 슬프려고 태어났다』(민음사), 『G선상의 노을』(영진문화사), 『우리를 슬프게 하는 것들』(창조사) 출간.

1969년 36세 정릉의 박고석 화실로 이사. 동화통신사에 부장대우로 취직. 외신기자클럽에서 주정으로 난동을 부리고 권고사직 됨. 산문집 『어디서 무엇이 되어 만나랴』(중앙출판공사) 출간.

1970년 37세 정릉계곡에서 자살 기도, 30여시간 만에 회복. 아버지 사망. 전태일 분신자살 사건을 신문에서 목도하고 사회와 현실 문제에 대하여 고민하기 시작함. 단시와 산문을 결합한 형태의 산문집 『세노야 세노야』(신진문화사, 이후 전집에 단시만을 모아 '단시집 1 - 159 여수(旅愁)'로 개제) 출간.

1971년 38세 연희동 아파트로 이사. 삼선개헌반대 문인대표로 참여. 산문집 『한 시대가 가고 있다』(동화출판공사) 출간.

1972년 39세 『세대』지에 「1950년대」 연재 중 잡지윤리위원회에 의해 중단.

1973년 40세 화곡동에 집 마련. 여러 문인들과 함께 문인간첩단 사건
으로 구속된 문인들의 구명운동 주도. 민청학련사건 관련으
로 구속된 김지하의 석방운동을 벌임.『이중섭 평전』, 역주
『당시선(唐詩選)』, 산문집『1950년대』(민음사) 출간.

1974년 41세 자유실천문인협의회 창립, 초대 대표간사. 제1차 선언문
을 발표하고 가두시위를 벌이다 체포, 구금되었다가 석방(창
립 인사는 신경림, 백낙청, 이문구, 박태순, 염무웅, 조태일,
황석영, 이시영 등). 민주회복국민회의에 문인대표로 참여한
이래 자주 연행됨. 동아일보 백지광고 운동에 앞장섬. 함세
웅 신부와 함께 당시 서울대생 김상진 추도식을 약식으로 거
행. 이 무렵 형사, 기관원들과 생활을 같이함. 뒷날의 아내 이
상화(李相華)를 만나게 됨. 시집『문의(文義)마을에 가서』(민음
사) 출간. 시「부활」로 제1회 한국문학작가상 수상.『이상 평
전』(민음사), 장편소설『어린 나그네』(예문관), 기행문집『고사
편력(古寺遍歷)―나의 방랑 나의 산하』(세대사), 수선집『일시
(日蝕)』(예문관) 출간.

1975년 42세 긴급조치 9호 선포로 가택 구금. 시선집『부활』, 역주『초
사(楚辭)』(민음사), 산문집『제주도』(일지사),『한용운 평전』(민
음사) 출간.

1976년 43세 노동문제에 본격적으로 관심을 가지고 여러 사건의 대
책위에 참여함. 산문집『환멸을 위하여』,『한국의 지식인』(삼
중당), 역주『두보 시선』(민음사), 불교설화집『갠지스 강의 저

녁놀』(계몽사) 출간.

1977년 44세 민주구국헌장 사건의 주모자로 체포, 송광사에 유폐됨.
양성우 시집 『겨울공화국』에 서문을 써준 것이 긴급조치 9호
위반이라 하여 구치소에 수감되었다가 구속 취하로 석방. 시
집 『입산(入山)』(민음사), 산문집 『역사와 더불어 비애와 더불
어』(한길사), 『세속의 길』(세종문화사), 소설집 『밤주막』(세종문
화사) 출간.

1978년 45세 자유실천문인협의회 주최로 '민족문학의 밤'을 개최했
다가 연행. 원주집회 사건으로 10일간 구류. 한국인권위원회
부회장. 시집 『새벽길』(창작과비평사), 산문집 『사랑을 위하
여』(전예원), 『진실을 위하여』(새벽), 『정오의 사상』(문예비평
사), 소설집 『떠도는 사람』(한진출판사) 출간.

1979년 46세 『실천문학』 창간을 주도. 국민연합 결성에 참여(부위원
장). 카터 미국 대통령 방한 반대시위 주도로 구속. 서울구치
소에 투옥, 구타를 당해 고막이 파열되어 한쪽 청각 상실. YH
사건으로 다시 투옥. 10·26사태로 보석 출옥 후 인조고막 수
술로 청각 회복. 산문집 『지평선으로 가는 고행』, 『이름지을
수 없는 나의 영가』(예조각) 출간.

1980년 47세 5월 17일 자정 강제연행되어 2개월간 구금생활. 7월 하
순 육군교도소 특별감방으로 송치. 군법회의 1심에서 김대중
내란음모 사건 연루 혐의로 20년형 선고. 신문, 잡지 등에서
'고은'이라는 이름이 절대 금기로 됨. 소설집 『산 넘어 산 넘

어 벅찬 아픔이거라』(은애출판사) 출간.

1981년 48세 대구교도소로 이감, 격리수용. 귀 상태가 악화되어 서울
구치소로 이감. 국군통합병원에서 수술받음.

1982년 49세 8·15 사면으로 석방.

1983년 50세 영국 유학에서 돌아온 이상화(현재 중앙대 영문과 교수)
와 해후, 5월 5일 수유동 안병무(安炳茂) 교수 집뜰에서 극비
리에 결혼. 함석헌(咸錫憲) 주례로 이날 결혼식에는 신부, 목
사, 문인, 교수 들 참석. 경기도 안성군 공도면 마정리 대림동
산으로 이주.『고은시전집』1·2권(민음사) 출간.

1984년 51세 시집『조국의 별』(창작과비평사), 소설집『어떤 소년』(청
하) 출간.

1985년 52세 딸 차령 출생. 서사시「백두산」이『실천문학』폐간으로
연재 중단됨. 산문집『지상의 너와 나』(백민사) 출간.

1986년 53세 『만인보(萬人譜)』1~3권(창작과비평사) 출간. 시집『가야
할 사람』(전예원),『전원시편』(민음사),『시여 날아가라』(실천
문학사), 평론집『문학과 민족』, 산문집『고난의 꽃』(한길사),
『삶이 그대를 속일지라도』(학원사),『황토의 아들』(한길사)
출간.

1987년 54세 민주헌법쟁취국민운동본부 상임공동대표를 맡음. 박종
철, 이한열의 추도회를 주관. 자유실천문인협의회를 민족문
학작가회의로 확대 개편.『백두산』1·2권(창작과비평사), 시선
집『너와 나의 황토』(고려원), 산문집『절을 찾아서』(책세상),

『바람의 마루턱』(나남), 『흘러라 물』(기린원), 평론집『시와 현실』(실천문학사), 문학선집『나의 파도소리』(나남) 출간.

1988년 55세　제3회 만해문학상 수상. 시집『네 눈동자』, 『만인보』 4~6권(창작과비평사), 『고은 전집』(청하, 20권까지 간행되다 중단됨), 『그날의 대행진』(전예원), 『나의 저녁』(한국문학사), 산문집『잎은 피어 청산이 되네』(고려원) 출간.

1989년 56세　한국민족예술인총연합 초대 공동의장으로 취임. 남북작가회담 준비위원장. 『만인보』 7~9권(창작과비평사) 출간. 산문집『고은 통신』(조선일보사) 출간. 일어판 시집『조국의 별』이 일본 신깐샤(新幹社)에서 출간.

1990년 57세　민족문학작가회의 회장. 남북작가회담 사건으로 구속. 시집『아침이슬』(동아), 『눈물을 위하여』(풀빛), 산문집『방황, 그리고 질주』(미학사), 『얼마나 나는 들에서 헤매었던가』(웅진출판사), 『역사는 꿈꾼다』(풀빛), 평론집『황혼과 전위』(민음사) 출간.

1991년 58세　장편소설『화엄경』(민음사), 시집『거리의 노래』(한국문학사), 『해금강』(한길사), 『백두산』 3·4권(창작과비평사), 『뭐냐: 고은 선시(禪詩)』(청하), 시선집『내 조국의 별 아래』(미래사), 산문집『그대는 누구인가 나는 누구인가』(아침) 출간.

1992년 59세　잠언집『나는 아무래도 항구로 가야겠다』(아침), 시집『내일의 노래』(창작과비평사), 소설집『내가 만든 사막』, 『그들의 벌판』(책세상) 출간. 호주 시드니대 및 미국 하버드대 한국

학연구소 초청으로 강연. 영어판 시선집『나의 파도 소리』가 미국 코넬대에서 출간.

1993년 60세 시집『내일의 노래』로 제1회 대산문학상 수상. 회갑 기념『고은 문학의 세계』(신경림·백낙청 엮음, 창작과비평사) 간행. 시집『아직 가지 않은 길』(현대문학사) 출간. 사면으로 여권소지자가 됨. 경향신문사 주최 '시력 35년 기념 고은 문학의 밤' 시낭독회. 경향신문에 자서전 연재, 광주일보에「방랑시인」연재.

1994년 61세 『백두산』5~7권(창작과비평사) 출간. 경기대 대학원 교수로 취임.

1995년 62세 『시와시학』에「내 시의 비밀」이라는 제목으로 시에 얽힌 일화와 창작과정에 대한 산문 연재 시작. 시집『독도』(창작과비평사) 출간. 프랑스 문화성 초청 시낭독 및 문예지 고은 특집 인터뷰.

1996년 63세 『만인보』10~12권(창작과비평사) 출간. 독일어판 시선집『조국의 별』이 독일 주어캄프(Suhrkamp)사에서 출간, 독일 5대 도시 순회 시낭독. 씨드니 작가축제에 특별초청되어 시낭독, TV 고은 특집 출연. 로테르담 국제시인대회에 초청, 셰이머스 히니, 리타 더브 등과 시낭독 및 신문 인터뷰. 호주에서 영어판 시집『아침이슬』출간.

1997년 64세 히말라야 순례(티베트 지역). 고도 6,500미터 지대에서 호흡곤란으로 생명의 위기 체험. 이때의 소재에서 시집『히말라야 시편』 구상. 히말라야 등반 도중 어머니 별세, 아내와 친구들이 장례 치름. 시집 『어느 기념비』(민음사), 『만인보』 13~15권(창작과비평사) 출간. 『만인보』 10~15권 '70년대 사람들' 출판기념회(6월 한국프레스센터)가 대규모로 열림. 영어판 선(禪)시집 『뭐냐』 출간. 미국 버클리에서 미국 시인 게리 스나이더와 시낭독, 버클리대에서 미국 시인 로버트 하스와 시낭독. 멕시코 과달라하라 도서전에서 시낭독 등의 행사.

1998년 65세 15일간 북한 방문. 백두산·금강산·묘향산·구월산·송악산 등의 일대와 평양·원산 등 여러 도시 방문. 돌아와서 산문 연재 뒤 방문기 출간. 프랑스 정부 초청으로 빠리 '작가의 집'에서 프랑스 원로시인 미셸 드기, 알랭 주프루아와 시낭송. 시집 『속삭임』(실천문학사) 출간. 멕시코에서 시선집 『불타는 샘』과 선시집 『밭두렁 돌멩이』 출간.

1999년 66세 경기대 대학원 교수 퇴임. 교환교수로 미국으로 떠남. 버클리대 한국학과에서 시론 강의(방문교수). 하버드 옌칭연구소 특별연구교수. 시카고대 '미국 시인의 밤'에 초청되어 시낭독 및 강연. 멕시코의 네루다 탄생 기념 시축제에 참가, 아시아 대표로 시낭독. 독일 베를린자유대 초청 시낭독. 뉴욕에서 미국 시인 마이클 매클루어와 시낭독. 시집 『머나먼 길』(문학사상사) 출간.

2000년 67세 남북정상회담 특별수행원으로 평양에 가서 정상회담 참여. 남북공동선언이 발표된 만찬장에서 장시 「대동강 앞에서서」를 읽어 통일정서를 고취함. 뉴욕 UN 세계평화정상회의에 참가. 총회장에서 「평화의 노래」를 낭독해 120여개국 대표 1,200명이 참석한 자리에서 분단국가에서 열망하는 평화를 알림. 폴란드 끄라꾸프의 '2000 끄라꾸프 예술제'에서 미워시, 비스와바 쉼보르스카, 셰이머스 히니, 로버트 하스, 라이너 쿤체 등 세계적인 시인들과 시낭송 및 강연과 토론에 참가. 스웨덴 요테보리 도서전 시낭독 참여. 스웨덴 스톡홀름대 초청 시낭독. 시집 『남과 북』(창작과비평사), 『히말라야 시편』(민음사) 출간. 프랑스어판 선시집 『뭐냐』 출간.

2001년 68세 유네스코 본부와 그리스 정부 공동주최 세계시인대회에 초청되어 델피 신전에서 열린 '세계시인의 날' 축전 선포 시낭송회 참가. 독일 브레멘 국제시인대회 참가, 유럽 시인 20여명과 함께 시낭송 및 강연. 일본 토오꾜오 국제도서전 포럼 참가. 미국 UCLA 및 남미 콜롬비아 세계시인대회 참가. 이딸리아 베로나에서 열린 유네스코 세계 시아카데미 창립대회에 참가, 회원이 됨. 스웨덴·캐나다 순회강연 및 시낭송회, 미국 원로시인 개리 스나이더 초청으로 UC 데이비스에서 시낭송 및 강연. 시집 『순간의 꽃』(문학동네) 출간. 한국예술종합학교에서 시론 강의. 캐나다 UBC 초청 시낭독.

2002년 69세 시집 『두고 온 시』(창작과비평사) 출간. 『고은전집』(전38권, 김영사), 시집 『늦은 노래』(민음사) 출간. 독일 라디오·영국 BBC 라디오에서 '고은의 문학' 인터뷰. 체코 프라하 작가축

제, 프랑스 '봄의 시' 축전, 러시아 바이칼대 국제문예창작 심
포지엄에서 강연과 시낭독. 베트남어판 시집 간행. 필리핀 마
닐라 제1회 아시아 – 태평양 국제시축제, 이딸리아 베로나 세
계 시아카데미 집행위원회에 특별 게스트로 참가. 프랑스 외
무성 주최 빠리 몰리에르 극장 '한국 시의 밤'과 프랑크푸르
트 국제도서전 '고은과의 시간'에서 시낭송.

2003년 70세 일본 오끼나와에서 열린 문학·환경학회와 라디오 프랑
스에서 시낭송, 녹음. 제3회 베를린 문학축제에 참가.

2004년 71세 1월 『만인보』 16~20권(창비) 출간, 제18회 단재상 문학부
문 수상. 한국문학평화포럼 의장으로 활동. 스페인어판 『만
인보』 간행 기념 마드리드·바르쎌로나 시낭송회. 이딸리아
베네찌아 제1회 한국 – 이딸리아 문학포럼에 참가.

2005년 72세 독일 예나·라이프치히와 일본 각지에서 시낭송회를 가
짐. 제3회 베를린 시축제, 제5회 베를린 문학축제에 참가. 7월
분단 이후 최초로 남북 공동으로 평양에서 열린 '6·15공동선
언 실천을 위한 민족작가대회'에서 시를 낭송해 통일정서를
고취. 8월 노르웨이 몰데에서 열린 제14회 비외른손 문학축
제에 초청되어 문학인에게 수여되는 유일한 훈장인 본슨 문
화훈장을 받음. 10월 영어판 선집 『만인보』와 스웨덴어판 선
집 『만인보와 다른 시들』이 출간되어 현지 언론과 독자의 뜨
거운 호응을 얻고, 2007년부터 3년간 스톡홀름 대중교통수단
의 게시물로 선정됨. 한국을 주빈국으로 한 프랑크푸르트 국

제도서전에서 개막식 연설. '겨레말큰사전' 남북공동편찬위원회 상임위원장, 세계평화시인대회 의장으로 추대됨.

2006년 73세 1월 『순간의 꽃』 이딸리아어판 출간 기념으로 로마·피렌쩨·밀라노 등지에서 순회 시낭송 및 강연. 3월 『만인보』 20~23권(창비) 출간, 빠리 국제도서전과 보르도대 등지에서 시낭송과 강연 행사를 가짐. 4월 미국에서 열린 국제 펜대회에 '세계의 목소리' 중 한 사람으로 참가, 뉴욕 국제문학축제와 앨런 긴즈버그 시집 『울부짖음』(Howl) 출간 50주년 기념 행사에서 강연과 시낭송. 쌘프란시스코와 UC 버클리, 워싱턴대 등지에서 시낭송. 6월 이딸리아 빠르마 시축제에 참가, 시낭송. 9~10월 미국 뉴저지에서 열린 국제시축제와 워싱턴대 하비드대 등지에서 시낭송과 상연. 11월 시집 『부끄러움 가득』(시학) 출간. 뛰어난 문학적 업적을 이룬 동아시아 시인에게 주는 스웨덴 시카다 상 수상.

2007년 74세 1월 몽골 국제대학에서 열린 제1회 '유라시아 문학 네드워크 건설을 위한 한몽 문학 심포지엄'에 참가, 기조연설과 시낭송. 2월 홍콩에서 열린 국제PEN 아시아 – 태평양지역회의에 특별손님으로 참가, 시낭송. 스페인 마드리드와 말라가에서 열린 ARCO 한국문학낭독회에 참가, 좌담과 시낭송. 3월부터 서울대 기초교육원 초빙교수로 재직 중. 3월 일본 토오꾜오에서 열린 제2회 프랑스 – 동아시아 국제세미나에서 기조연설. 8월 일본 카나자와에서 '문학과 환경'을 주제로 열

린 한일 공동심포지엄에 참가, 기조연설과 시낭송. 한러문학
제에 참석, 모스끄바 레닌도서관에서 시낭송. 베이징과 상하
이에서 열린 한중문학제에서 강연 및 시낭송. 영랑문학상 수
상. 『만인보』 24~26권(창비), 산문집 『우주의 사투리』(민음사)
출간.

2008년 75세 4월 시집 『남과 북』과 시선집 아랍어판 출간 결정. 6월
시 발전에 헌신한 공로를 인정받아 캐나다 그리핀 공로상 수
상, 브리태니커 연감에 등재. 9월 대한민국예술원상 수상,
4~12일 직접 그린 유화와 붓글씨 54점으로 등단 50주년 기념
서화전 '동사를 그리다'를 개최, 기념 신작시집 『허공』(창비)
출간. 서울에서 열린 제1회 한일중 동아시아문학포럼에서 축
사. 스웨덴어판 『만인보와 다른 시들』이 비유럽어권 시집 가
운데 최초로 스웨덴 문화예술위원회에서 중고교 교재로 채
택됨. 10월 단국대 석좌교수로 위촉.

2009년 76세 1월 말 스페인 엘 가또 그리스(El Gato Gris) 출판사의
세계유명시인 일편시집 씨리즈에 선정되어 시 「어떤 기쁨」
(시집 『아직 가지 않은 길』, 현대문학사 1993 수록작)이 직접 그린
그림 1점과 함께 소장용 고급한정본으로 출간. 시선집 『오십
년의 사춘기』(문학동네), 산문집 『개념의 숲』 『오늘도 걷는다』
(신원문화사) 출간. 10월 폴란드 끄라꾸프에서 열린 세계시축
제 미워시 페스티벌에 쉼보르스카, 셰이머스 히니, 데렉 월
컷, 아담 자가예프스키 등과 함께 시낭송 및 토론회 패널로

참가. 폴란드의 저명 문학출판사 즈나끄(Znak)에서 시선집
『소나기』 출간. 이딸리아어판 시선집 『노래섬』 출간. 스페인
말라가대 출판부에서 시선집 『천년의 말라가』 출간.

2010년 77세 『만인보』(창비) 1~26권 개정판 및 27~30권 출간, 이로써
1986년 첫 권을 출간한 이래 25년 만에 연작시편을 마침. 4월
『만인보』 출간 기념 국제 심포지엄 개최. 베트남어판 시선집
출간. 제7회 광주 비엔날레에서 '만인보'를 중심주제로 선정.
상반기 미국, 이딸리아, 스페인의 초청행사들에 참가. 산문집
『나는 격류였다』 『나의 삶 나의 시: 백년이 담긴 오십년』(서울
대출판문화원) 출간. 『타임』지 아시아판에 특집기사가 실리면
서 '현존하는 아시아의 가장 위대한 시인'이라는 찬사를 받
음. 8월 단국대 명예문학박사학위 받음.

2011년 78세 평생 세계문학에 기여한 문인에게 주어지는 '아메리카
어워드'를 아시아 문인 최초로 수상. 전북대 명예문학박사학
위 받음. 4월 체코 프라하 세계도서전에 외국 주빈으로 초청
받음. 7월 시집 『내 변방은 어디 갔나』와 문학인생 최초의 연
시집 『상화 시편: 행성의 사랑』(창비) 출간. 9월 경향신문에
'고은과의 대화' 연재. 11월 서울에서 열린 아시아 스토리텔
링전통 국제 심포지엄에서 기조강연. 12월 동시집 『차령이
뽀뽀』(바우솔) 출간. 프랑스어판 『속삭임』 출간. 독일 주어캄
프 창사 60주년 기념도서 『순간의 꽃』 출간. 세계 시 아카데
미의 명예위원회에 만장일치로 지명됨. 터키어판 『만인보』와

『순간의 꽃』, 영어판 『히말라야 시편』과 단시 모음집 『시간의
이쪽』 출간.

2012년 ^{79세} 5월 노르웨이 릴레함메르에서 열린 문학축제에 참가, 기
조강연 및 대담. 국가와 민족을 위해 봉사해온 사회 원로의
공로를 기리는 '인간상록수'에 추대됨. 8월 광주에서 열린 아
시아문화포럼에서 기조강연. 10월 시선집 『마치 잔칫날처럼』
(창비) 출간.

제1부　김승희·백낙청 정선

폐결핵(肺結核) / 천은사운(泉隱寺韻) / 심청부(沈淸賦) / 다어(茶語) / 시인(詩人)의 마음 / 초파일날 (『피안감성(彼岸感性)』 청우출판사 1960; 『고은시전집』 민음사 1983).

제주만조(濟州滿潮) / 묘지송(墓地頌) / 사치(奢侈) / 신성노동절(神聖勞動節) / 해연풍(海軟風) / 내 아내의 농업(農業) / 애마(愛馬) 한쓰와 함께 / 저문 별도원(別刀原)에서 (『해변(海邊)의 운문집(韻文集)』 신구문화사 1966; 『고은시전집』).

저녁 숲길에서 / 슬픈 씨를 뿌리면서 / 과육(果肉) / 국도(國道) / 예감(豫感) (『제주가집(濟州歌集)』 개제 『신(神), 언어(言語) 최후(最後)의 마을』 민음사 1967; 『고은시전집』),

도단(道斷) / 종로(鍾路) / 투망(投網) / 문의(文義)마을에 가서 / 청진동(淸進洞)에서 / 휴전선(休戰線) 언저리에서 / 두만강(豆滿江)으로 부치는 편지 / 우리나라의 들국화 / 삶 (『문의(文義)마을에 가서』 민음사 1974; 『고은시전집』).

임종(臨終) / 무등(無等)의 노래 / 대장경(大藏經) / 황사(黃砂) 며칠 / 입산(入山) / 초대(招待) / 보리밭 (『입산(入山)』 민음사 1977; 『고은시전집』).

추석(秋夕) / 화신북상(花信北上) (『입산 이후(入山以後)』; 『고은시전집』).

제2부 안도현·백낙청 정선

화살 / 만세타령(萬歲打令) / 어느 방 (『새벽길』 창작과비평사 1978; 『고은시전집』).

차령산맥(車嶺山脈) / 걸레 / 오늘의 썰물 / 3월(三月) / 자작나무숲으로 가서 / 구름에 대하여 / 릴레이 / 조국의 별 / 부활(復活) (『조국의 별』 창작과비평사 1984).

아버지 / 선술집 / 가야 할 사람 / 수평선 / 내장산 / 변산 (『가야 할 사람』 전예원 1986).

나들잇길 / 밥 / 입춘 / 동행 (『전원시편』 민음사 1986).

지나가며 / 기러기 / 입추 뒤 / 새벽 / 관광객 / 그리움 (『시여 날아가라』 실천문학사 1986).

바람 시편 / 두 아낙 / 잉크 / 국화 / 역사로부터 돌아오라 (『네 눈동자』 창작과비평사 1988).

제3부 고형렬·백낙청 정선

먼 데 / 아기의 말 / 쌍무지개 (『나의 저녁』 한국문학사 1988).

태풍 / 산수유 / 난초 앞에서 / 다시 눈물 / 골리앗 크레인 (『눈물을 위하여』 풀빛 1990).

상계동 가는 길 (『거리의 노래』 한국문학사 1991).

산기슭 / 영일만 1 / 이화령 (『해금강』 한길사 1991).

올빼미 / 아기 / 소고기 / 웃음 / 주정뱅이 / 좌선(坐禪) / 청개구리 / 뻐꾸기 / 별똥 (『뭐냐: 고은 선시(禪詩)』 청하 1991).

510

내일 / 나무의 앞 / 폭염 이후 / 동네 가게에서 / 아리랑 / 어머니 / 서산 할머니 / 우리나라 음유시인 / 휴식 (『내일의 노래』 창작과비평사 1992).

제4부　이시영·백낙청 정선

밤송이 / 하루 / 안성장 할머니 몇분 / 두엄자리 옆에서 / 어떤 대화 / 어떤 기쁨 (『아직 가지 않은 길』 현대문학사 1993).

꿈 / 다른 세상이 오고 있다 / 아기의 노래 / 다보여래의 댁 / 성철스님 각령으로부터 / 폭포 (『독도』 창작과비평사 1995).

나의 시 / 어느 기념비 / 빈손 / 네개의 날개 / 사자 / 귀향 / 노래 / 말 / 별 / 서산 가서 / 싸락눈 / 춤 (『어느 기념비』 민음사 1997).

가야산 / 노래섬 / 다시 보면 / 어떤 노래 / 히말라야 이후 / 샛강 / 어느 노동자 / 너무 거룩하지 않게 / 나그네 / 다음 골목 (『속삭임』 실천문학사 1998).

갑산 / 마라도 / 개마고원 / 조치원 / 평양 / 주을온천 가까이 / 단풍 / 서울 현저동 101번지 / 동해 북부 / 압록강 / 북청 사자춤 / 백령도 / 단군릉 (『남과 북』 창작과비평사 2000).

상그리라 / 히말라야 기슭 / 술 / 고도 4천3백 미터쯤의 마을 / 황야 / 달라이 라마 동생 / 동부 히말라야 / 살 만한 세상 / 설산학(雪山鶴) / 아기 (『히말라야 시편』 민음사 2000).

순간의 꽃 (『순간의 꽃』 문학동네 2001).

숲의 노래 / 광장 이후 / 봄날은 간다 / 죽은 시인들과의 시간 / 두고 온 시 / 인사동 / 사과꽃 / 카리브 바다에서 / 공던지기 (『두고 온 시』 창작과비평사 2002).

알혼 섬 / 쇠스랑 / 호언장담하고 돌아오며 / 아기의 노래 / 시 / 모방 / 일인칭은 슬프다 / 대동강 앞에 서서 (『늦은 노래』 민음사 2002).

동굴 밖 / 낙안읍 / 쪽지 하나 / 10월 19일 / 가을 답장 / 흰나비 / 비닐봉지 / 평화 3 / 그리움 / 너에게 (『부끄러움 가득』 시학 2006).

유혹 / 눈 내리는 날 / 허공 / 나무에게 / 집 / 라싸에서 / 개밥 주면서 / 선술집 / 달래 4대 / 어떤 신세타령 / 그 속삭임 (『허공』 창비 2008).

꽃모종 / 동시발화(同時發話) / 약력 / 총화를 위하여 / 시시한 날 / 고추잠자리 일기 / 공전(公轉) / 그 집 (『상화 시편: 행성의 사랑』 창비 2011).

4행의 노래 / 태백으로 간다 / 누가 묻더라 / 포고 / 은파에서 / 경부고속도로 하행 / 시에게 / 함박눈 내리는 날 / 그 폭포 소리 / 2천년 이후 / 나의 삶 / 길을 물어 / 구름을 보다 / 내려가거라 / 내 변방은 어디 갔나 / 부탁 / 밤길 (『내 변방은 어디 갔나』 창비 2011).

백낙청　白樂晴　1938년생. 하버드 대학에서 로런스 연구로 문학박사 학위를 받았고, 1966년 『창작과비평』 창간 이래 편집인·발행인 등을 역임했다. 문학평론집 『민족문학과 세계문학』(전3권) 『민족문학의 새 단계』 『통일시대 한국문학의 보람』 『문학이 무엇인지 다시 묻는 일』과 사회비평서 『분단체제 변혁의 공부길』 『흔들리는 분단체제』 『한반도식 통일, 현재진행형』 『어디가 중도며 어째서 변혁인가』 『2013년체제 만들기』 등이 있다. 현재 서울대 명예교수, 계간 『창작과비평』 편집인.

이시영　李時英　1949년 전남 구례에서 태어나고 1969년 『월간문학』 시무분 신인상과 숭앙일보 신춘문예를 통해 등난했다. 시집으로 『만월』 『바람 속으로』 『길은 멀다 친구여』 『이슬 맺힌 노래』 『무늬』 『사이』 『조용한 푸른 하늘』 『은빛 호각』 『바다 호수』 『아르갈의 향기』 『우리의 죽은 자들을 위해』 『경찰은 그들을 사람으로 보지 않았다』 등이 있다. 현재 단국대 문예창작과 초빙교수 및 한국작가회의 이사장.

김승희　金勝熙　1952년 전남 광주에서 태어나고 1973년 경향신문 신춘문예를 통해 등단했다. 시집으로 『태양 미사』 『왼손을 위한 협

주곡』『미완성을 위한 연가』『달걀 속의 생』『어떻게 밖으로 나갈까』『세상에서 가장 무거운 싸움』『빗자루를 타고 달리는 웃음』『냄비는 둥둥』 등이 있다. 현재 서강대 국문과 교수.

고형렬 高炯烈　1954년 전남 해남에서 태어나고 강원도 속초에서 성장했다. 1979년『현대문학』을 통해 등단했다. 시집으로『대청봉 수박밭』『해청』『사진리 대설』『마당식사가 그립다』『성에꽃 눈부처』『김포 운호가든집에서』『밤 미시령』『나는 에르덴조 사원에 없다』『유리체를 통과하다』, 장시집『리틀 보이』『붕새』 등이 있다.

안도현 安度眩　1961년 경북 예천에서 태어나고 1984년 동아일보 신춘문예를 통해 등단했다. 시집으로『서울로 가는 전봉준』『모닥불』『그대에게 가고 싶다』『외롭고 높고 쓸쓸한』『그리운 여우』『바닷가 우체국』『아무것도 아닌 것에 대하여』『너에게 가려고 강을 만들었다』『간절하게 참 철없이』『북항』 등이 있다. 현재 우석대 문예창작과 교수.

박성우 朴城佑　1971년 전북 정읍에서 태어나고 2000년 중앙일보 신춘문예를 통해 등단했다. 시집으로『거미』『가뜬한 잠』『자두나무 정류장』 등과 청소년 시집『난 빨강』이 있다. 현재 우석대 문예창작과 교수.

고은 시선집

마치 잔칫날처럼

초판 1쇄 발행 / 2012년 10월 19일
초판 9쇄 발행 / 2023년 4월 24일

지은이 / 고은
펴낸이 / 강일우
엮은이 / 백낙청 이시영 김승희 고형렬 안도현 박성우
책임편집 / 전성이
펴낸곳 / (주)창비
등록 / 1986년 8월 5일 제85호
주소 / 10881 경기도 파주시 회동길 184
전화 / 031-955-3333
팩시밀리 / 영업 031-955-3399 편집 031-955-3400
홈페이지 / www.changbi.com
전자우편 / lit@changbi.com

ⓒ 고은 2012
ISBN 978-89-364-6119-5 03810